Inhaltsverzeichnis

Vorwort /S.2

1.) Eine unerwartete Postsendung /S. 6

2.) Wie kommt man zu Geld? /S. 26

3.) Das kann nur ein Irrtum sein /S. 53

4.) Manche Ideen kommen beim fernsehen /S. 61

5.) Wie kann flüssig trocken sein? /S. 66

6.) Es kann kein wirklicher Schaden entstehen /S. 75

7.) Der erste Spatenstich /S.93

8.) Wie die Einfahrt einer Tiefgarage /S.99

9.) Nicht die volle Wahrheit /S.113

10.) Woher kommt der gewaltige Krach /S. 133

11.) Zufall: ja oder nein? /S. 151

12.) Eine vernünftige Erklärung /S. 158

13.) Stolze Eltern /S. 163

Vorwort

Lieber Leser, liebe Leserin, als Autor dieses Buches möchte ich an dieser Stelle eine kleine Einführung in die nachfolgende Erzählung geben. Dieses Buch soll in keinster Weise die Wirklichkeit wiederspiegeln.

Bei dem hier vorliegendem Werk handelt es sich auf der einen Seite um eine Romanerzählung, es wird hier eine Geschichte erzählt die sich genauso irgendwo in unserem Land ereignet haben könnte, den mit Hilfe eines gegrabenen Tunnels haben immer mal wieder Leute versucht ihre Probleme zu lösen und dies mit den unterschiedlichsten Erfolgen. Auf der anderen Seite könnte man diese Erzählung auch ein Märchen nennen, ein modernes Märchen. Die meisten Märchen die man so kennt, spielen irgendwo in einer längst vergangenen Zeit, und auch nicht selten in einem fernen Land. Bei diesem Märchen liegt der Fall etwas anders: Dieses Märchen spielt in der Gegenwart, es spielt auch nicht in einen fernem Land, sondern mitten in Deutschland, und zwar im Süden des Bundeslandes Hessen. Die Stadt in der es spielen soll, die natürlich frei erfunden, genauso sind die hier vorkommenden Personen auch alle frei erfunden. Wie es aber bei fast jedem Märchen so ist, so ist es auch in dieser Erzählung: Ein Märchen spiegelt immer etwas von der Zeit, in der es spielt und auch etwas von den dort herrschenden Problemen wieder, mit denen die Menschen zu tun haben. Manche Probleme sind irgendwie selbstverschuldet, aber nicht selten kommen die Probleme von außen auf die Leute zu, und ein jeder versucht auf seine Weise diese Probleme oder Hindernisse in den Griff zu bekommen. In einer Romanerzählung kann dies auf ganz ungewöhnliche Art und Weise geschehen.

Was mir als Autor ein ganz wichtiges Anliegen ist, das ist folgendes:

Es soll in diesem Buch niemand diskriminiert werden, weil er zum Beispiel eine Transferleistung vom Staat bezieht. Viel zu schnell passiert es, dass vor bestimmten Leuten, oder auch vor ganzen Gruppen von Menschen, der Respekt verloren geht. Das ist etwas was ich persönlich in keinster Weise gut heißen kann.

Es geht in diesem modernen Märchen darum, dass man über bestimmte Dinge einmal ins Gespräch kommt, sich mit Betroffenen austauscht und so die Welt mal aus einer anderen Perspektive sehen kann, quasi mit den Augen anderer Leute sich die Welt anschaut.

Es soll, mit diesem Buch, all denen Mut gemacht werden, die sich an den Rand der Gesellschaft gedrückt fühlen. Wenn wir ehrlich sind, dann müssen wir doch irgendwie, mehr oder weniger, zugeben: Es gibt immer mal wieder Zeiten oder auch Situationen, im Laufe des Lebens, da fühlt man sich einfach ungerecht behandelt. Mal wird von der ganzen Welt, oder ein anderes Mal wird man von einem Teil der Gesellschaft nicht gerade gerecht behandelt. Man wünscht sich dann, dass recht bald bessere Zeiten kommen.

Es ist niemals so ganz ausgeschlossen, dass das Glück dann an die Tür klopft, wenn es am dringendsten gebraucht und am wenigsten erwartet wird.

In den alten Märchen wird gerne beschrieben, dass Menschen, denen es nicht allzu gut geht, ihr Vertrauen auf Gott setzen.

Auch in einem modernen Märchen kann ein wenig Gottvertrauen nicht so falsch sein.

Wie weit es in dieser Märchenerzählung von Vorteil für die Betroffenen ist, das sollte nun jeder Leser, jede Leserin für sich selbst herausfinden

Beim Lesen dieses modernen Märchens, wünsche ich ihnen viel Freude.

Ihr

Franz Maria Heilmann

Der Tunnel

1.)

Eine unerwartete Postsendung

Für Lars ist es fast zu einem Ritual geworden, wie er seinen Tag beginnt. Was er auf den Tod nicht ausstehen kann, das ist ein Wecker. Es gibt für ihn kaum eine schlimmere Vorstellung, als das sein wohlverdienter Schlaf so abrupt unterbrochen wird, wie dies nur so eine grässliche Weckmaschine fertigbringt. Lars ist der Meinung, dass jeder Mensch ohne jede Ausnahme, sich seinen Schlaf redlich verdient hätte. Und weil er sich selbst zur menschlichen Rasse dazuzählt, gilt dies natürlich auch für ihn. Wenn man ihn darauf anspräche, dann würde er ganz lang und ausführlich erklären warum diese Sache mit dem wohlverdienten Schlaf ganz besonders für ihn Gültigkeit habe. Es ist noch gar nicht so lange her, da hatte er im Fernsehen einen Bericht gesehen, und in diesem Fernsehbeitrag ging es irgendwie um die Tierwelt. Um was es jetzt da genau im Einzelnen ging, das weiß Lars gar nicht mehr zu sagen, dies ist ihm auch irgendwie gleichgültig, aber was er sich behalten hatte ist folgendes: In der dieser Sendung wurden unter anderem auch wildlebende Bären vorgestellt und diese Bären halten einen Winterschlaf. Das war eine Sache die hatte Lars sehr gut gefallen. Einfach den ganzen Winter durchzuschlafen. An den Gedanken hatte er sich ganz schnell gewöhnt, man muss es sich nur richtig vorstellen können. Die ganzen unangenehmen Monate in denen es draußen kalt und ungemütlich ist, diese werden einfach durch einen tiefen und erholsamen Schlaf überbrückt. Nach dem Aufwachen ist es draußen wieder schön, man kann zum Baden an den Badesee gehen und es sich einfach gut gehen lassen. Lars ist der Meinung, man könne eigentlich sehr viel von den Tieren in der Natur lernen. Heißt es denn nicht an allen Ecken und Kanten: Zurück zur Natur. Er hatte auch einmal gehört, aber er kann jetzt beim besten Willen nicht mehr sagen, in welchen Zusammenhang dies war, auf jenen Fall wurde es etwa so ausgedrückt: Die Vögel des Himmels arbeiten nicht und sie werden dennoch ernährt.

Wenn doch hier auf der guten alten Erde kaum einer Arbeiten muss, warum sollte er da gerade eine Ausnahme machen? Dies sah er gar nicht ein. War er denn etwas Besseres oder Schlechteres? Nein er wollte einfach nur für das Vergnügen leben. Arbeit ist etwas für Leute, die sonst nichts mit sich und der Welt anfangen können. So hatte Lars für sich, seine ganz eigene Lebensphilosophie gefunden.

Und so hatte er ein tägliches Ritual in seinen Tagesablauf eingebaut. Gleich nach dem Aufwachen, das ist für Lars im Allgemeinem die Zeit zwischen Elf und Dreizehnuhr, da geht er noch vor dem Frühstück an den Briefkasten, um nachzusehen ob sich da eine Firma auf eine seiner Bewerbungen gemeldet habe. Ja mit diesen Bewerbungen, das war schon ein Kreuz für ihn. Es ist ihm auf der Agentur für Arbeit gesagt worden, dass er jeden Monat sechs Bewerbungen schreiben müsse, sonst würden sie ihm das Geld kürzen.

Das sind auch immer so Dinger die ihm einfach nicht in den Kopf wollten. Der Staat druckt doch das Geld selbst, und da entsteht doch für niemand einen Schaden, wenn ihm sein persönlicher voller Anteil ausgezahlt wird. Wenn der Staat zu wenig Geld hat, dann soll er doch solange welches nachdrucken, bis die Kassen wieder voll sind. Lars kann es einfach nicht kapieren, warum die sich auf dem Amt so anstellen. Aber für ganz so dumm hält er sich auch wieder nicht, wie ihn wohl die Behörde einschätzt. Er hat im Laufe der Zeit schon gelernt wie es wirklich funktioniert, dass sein Geld, nach wie vor, regelmäßig überwiesen wird, und er aber dennoch keine neue Arbeit antreten muss.

Ein ganz wichtiger Punkt, so meint er, ist folgender: Eine Bewerbung darf niemals ganz ohne einen Rechtschreibfehler sein und das Bild, welches er seinen Unterlagen beifügt, dies darf ihn nicht zu vorteilhaft zeigen. Am besten lässt man sich fotografieren, wenn man noch vom Vortag schön verkatert ist, also erst einmal schön einen über den Durst trinken und dann am nächsten Morgen ein Bewerbungsfoto machen lassen. So etwas ist ein recht guter Schutz vor der unliebsamen Arbeit. Lars musste auf diese Art schon seit sehr langer Zeit kein Bewerbungsgespräch mehr über sich ergehen lassen.

Er ist die zwei Stockwerke heruntergelaufen, schließt den Briefkasten auf, und da liegt ein großer Umschlag darin. Lars meint, dass ihm da jemand seine Unterlagen zurückgeschickt habe, dies kommt halt nicht ganz so oft vor. Von den meisten Firmen hört er nichts mehr, und genau das ist ihm am liebsten. Er schreibt sechs Bewerbungen im Monat und tut keinen Strich mehr machen als wie unbedingt von ihm verlangt wird.

Kaum war Lars zurück in seiner Wohnung, eigentlich war er noch mit dem Aufschließen der Eingangstür beschäftigt, diese Tür klemmte gern ein bisschen, da fragte auch schon seine Freundin Tina: „War heute etwas in der Post? Ich meine natürlich nicht die ganze Flut der Werbeprospekte, die da immer kiloweise in den

Postkasten gesteckt werden. Ich habe erst heute Morgen einiges aus dem Briefkasten gefischt"

„Du wirst lachen, aber es war wirklich ein großer Umschlag in der Post. Ich will gleich mal nachsehen was da drin ist.", gab ihr Lars zur Antwort.

„Was wird da schon groß drin sein? Er wird genau das Gleiche drin sein, was ansonsten auch immer in diesen großen Umschlägen steckt. Sie werden dir deine Bewerbungsunterlagen zurückgeschickt haben. Oder glaubst du etwa, dass dich jemand, auf Grund deiner Bewerbungsunterlagen, wirklich einstellen möchte?"

„Da wirst du schon recht haben Tina, aber dies ist doch genau der Weg den ich gehen will. Das Geld kommt vom Amt und dass dies so bleibt, muss ich mir bei meinen Bewerbungen nur die richtige Mühe geben. Wenn du ehrlich bist so musst du doch zugeben, dass der jetzige Zustand, nicht der schlechteste ist. Ok, wir könnten hier und da den einen Euro extra schon gut gebrauchen. Wenn ich mir nur vorstelle was ich im Vergleich zum jetzigen Zustand unsere Finanzen, ich mich anstrengen müsste, um nur einen einzigen Euro mehr zu bekommen, als wie wir im Moment haben. Das steht doch in keinem Verhältnis, wo liegt denn da der Sinn?"

„Also Lars, manchmal denke ich mir, dass du dir alles zu einfach machen willst, hast du denn keine Pläne für die Zukunft. Ist es wirklich dein Lebensziel, immer auf der Tasche andere zu hängen?"

„Also Tina, so kann man dies aber auch nicht sehen."

„Wie kann man denn dies sehen? Mein lieber Lars?"

„Du machst immer alles so kompliziert, die Welt ist doch viel einfacher als wie du denkst. Unsere Probleme kommen doch daher, dass wir das einfache Denken, mehr oder weniger, verlernt haben."

Tina schaute Lars mit großen Augen an und meinte: „So, das einfache Denken verlernt! Meinst du das wirklich ernst oder sollte dies jetzt einer deiner komischen Witze sein?"

„Nein, ganz im Gegenteil. Ich will es dir einmal erklären. Der Staat zahlt mir doch das Geld aus, Monat für Monat."

Tina nickte zustimmend, darauf fuhr Lars mit seinem wissenschaftlichen Vortrag fort. „Also der Staat zahlt mir jeden Monat das Geld, welches mir zusteht."

Darauf wendete Tina ein: „Es ist auf der einen Seite, in der Tat richtig, dass du Monat für Monat einen Geldbetrag überwiesen bekommst, aber wie kommst du denn auf die eigenartige Idee, dass dir das Geld zusteht, und dies vielleicht noch viele Jahre, wenn nicht sogar noch viele Jahrzehnte? Da bin ich aber einmal auf deine Erklärung gespannt. Du weißt ja, ich lerne gerne immer mal was Neues dazu."

„Wenn du mich nicht ständig unterbrechen würdest Tina, dann hätte ich es dir schon ausführlich erklärt."

„Dann bin ich mal ganz ruhig, und lausche mit großem Interesse deinem Vortrag."

Lars setzte neu an, mit seinem Versuch, es Tina genau zu erklären. „Also ich fange noch einmal neu an, und diesmal möchte ich nicht unterbrochen werden."

Tina sah ihn an, legte den Zeigefinger der rechten Hand vor ihrem Mund, und zeigt auf diese Art, dass sie ihm nun schweigend zuhören wolle. Lars fuhr in seinem Vortrag fort: „Der Staat überweist mir Monat für Monat mein Geld. Jetzt kommt die große Frage: Wer ist das überhaupt, der Staat?"

Tina hob nur kurz beide Schultern, um damit anzuzeigen, dass sie im Moment diese Frage nicht wirklich beantworten könne. Lars sprach weiter: Der Staat, das sind wir, wir alle!"

Tina machte ein erstauntes und zugleich ein fragendes Gesicht, aber sie gab keinen Ton von sich, genauso wie sie es versprochen hatte. „Nah, da schaust du!", redete Lars weiter. „Der Staat, das bin einmal ich, das bist einmal du. Der Staat, das sind alle Menschen die hier bei uns, in unserem Land leben. Und jetzt kommt es, wenn auch ich ein Teil dieses Staates bin, dann zahle ich dieses Geld, was mir zusteht, doch an mich selbst aus. Das ist doch ganz einfach, nur Leute die immer kompliziert denken wollen, die verstehen das nicht."

Darauf antwortete Tina: „ Ich denke auch, dass ich zu kompliziert denke, ich kann dir im Moment nicht so wirklich folgen, für mich hört sich dein Vortrag an, wie eine billige und faule Ausrede. Wir wollen jetzt aber erst einmal schön frühstücken, später kannst du dir in aller Ruhe den Inhalt des Briefumschlages ansehen."

Beide setzten sich an den Küchentisch, sie tranken Kaffee und aßen Toastbrot mit Marmelade.

Nachdem Lars ausführlich gefrühstückt hatte, da war es für ihn an der Zeit, dass er sich die erste Erholungspause des Tages gönnte. Er schlurfte von der Küche ins Wohnzimmer und wollte es sich da erst einmal gemütlich auf das Sofa legen. Auf dem Sofa aber, da lagen bereits mehrere Prospeckte, die Tina schon am frühen Morgen aus dem Briefkasten gezogen hatte, als sie schnell zum nahegelegenen Supermarkt gelaufen war, um ein neues Paket Toastbrot zu kaufen. Sie hatte vor dem gemeinsamen Frühstück, selbst auf dem Sofa gelegen und hatte sich die Prospeckte angeschaut. Sie wollte halt immer wissen was denn so alles im Sonderangebot sei.

Lars lag jetzt auf dem Sofa, er stellte fest, dass es noch immer sehr günstige Grillplatten zu kaufen gäbe, obwohl es schon Frühherbst sei. Er rief Seiner Freundin durch die halbe Wohnung zu, dass sie so eine Grillplatte unbedingt besorgen müsste. Sie gab ihm darauf zur Antwort: „Wolltest du nicht zum Vegetarier werden? Du hast doch die ganze Zeit rumgemeckert; man könne doch keine Tiere essen, das sind doch irgendwie auch unsere Brüder und Schwestern. Das waren doch deine Worte, oder sollte ich mich da so geirrt haben?"

„Da hast du schon irgendwie Recht, aber man sollte solche Dinge nicht übereilt beginnen. Es reicht doch, wenn ich im Spätherbst oder besser erst im Winter zum Vegetarier werde. So etwas muss doch gut überlegt sein."

„Genau so habe ich es mir vorgestellt, so ist es doch immer mit dir, erst willst du alles haben oder alles machen, und wenn es dann darauf ankommt, dann hast du wieder eine deiner billigen Ausreden parat."

Dem Lars gefiel es gar nicht, wenn jemand so mit ihm redete. Die Welt verstand ihn halt nicht. Er war der Meinung, dass die Welt noch einen gewissen Reifeprozess durchmachen müsste, bis sie soweit wäre, dass sie ihn verstehen könnte. Zu allem Überfluss erinnerte Tina ihn dann auch noch an den großen Umschlag, den er vorhin aus dem Briefkasten gezogen hatte. Das waren halt so Dinge, die Lars sehr gerne und sehr schnell in der Vergessenheit verschwinden ließ. Er fragte sich, was sollte schon für große Neuigkeiten in diesem Umschlag versteckt sein? Mehr als die übliche Absage, wird da wohl nicht drinstecken. Er begutachtete den Umschlag von allen Seiten und murmelt dabei leise vor sich hin: „Es tut uns Leid. Wir werden die Stelle anderweitig besetzen. Wir wünschen ihnen für die Zukunft etwas mehr Glück. Da steht doch sowieso immer wieder das Gleiche drin, eigentlich braucht man diese Dinger gar nicht erst aufzumachen."

Er machte aber dennoch den Umschlag auf, er sichtet das Material, welches da zum Vorschein kam. Er schickte seine Bewerbungen niemals in einem Ordner weg, und als lose Blätterflut kamen sie dann, wenn überhaupt, zurück. Er gab einen lauten Schrei von sich, einem Schmerzensschrei nicht unähnlich. Darauf kommt Tina, verwundert, angelaufen: „Was ist denn los? Hast du dir wehgetan?"

„Ich kann es nicht glauben, die wollen mich zum Vorstellungsgespräch einladen, das gibt es doch nicht!"

„Aber Lars, das ist doch ganz toll, ich weiß gar nicht was du hast, von nun an geht es mit uns und natürlich auch mit unseren Finanzen nur noch bergauf!"

„Tina, ich glaube die spinnen. Ich frage mich ernsthaft: Lesen diese Leute dort nicht die Bewerbungen, die da bei ihnen eingehen, oder ist da ein Fehler passiert. Meine Bewerbungen sind doch gezielt so gestaltet, dass es jedem Personalchef eiskalt den Rücken runterlaufen muss. Ich habe mir doch so große Mühe gegeben, dass jede normale Firma lieber eine Stelle unbesetzt lässt, als dass sie da jemand wie mich einstellt. Und nun habe ich den Salat. Und das nur weil die ihre Arbeit nicht richtig machen, deshalb habe ich nun den ganzen Ärger am Hals."

„Lars, ich weiß gar nicht was du hast. Ich jedenfalls würde mich an deiner Stelle freuen. Sag mal, schreiben die irgendetwas darüber, wo und wann du dich melden musst, oder ob du irgendwo hinkommen sollst?"

„Die geben hier eine Telefonnummer an, sie schreiben, dass ich recht bald nach dem Erhalten dieses Schreibens, dort anrufen müsste. Ich weiß nicht was ich machen soll. Rufe ich da nicht an, dann verpetzen die mich und mir werden Gelder gekürzt. Die haben ja gar keine Ahnung, was sie mir da antun.

Tina machte sich gleich auf und suchte das Telefon. „Irgendwo muss das Ding doch wieder stecken." Murmelte sie vor sich hin und nach kurzer Suche hatte sie das Mobilteil des Telefons gefunden. Mit einem Lächeln im Gesicht brachte sie den eben gefundenen Hörer zu Lars und meinte: „Was du heute kannst besorgen, das verschiebe niemals auf morgen!"

Er sah schon ein, dass es keinen Zweck hätte, alles auf die lange Bank zu schieben, und zudem müssten die dort schon längst bemerkt haben, dass ihnen ein großer Fehler unterlaufen sei. So jemand wie Lars, den tut man doch nicht zum Vorstellungsgespräch einladen, das wäre doch für diese Firma nur verlorene Zeit. Er war doch der Meinung, dass es in der Wirtschaft doch immer hieße: Zeit ist Geld. Und wer hat da schon Geld zu verschenken. Er wählte also die Telefonnummer, die da in den Unterlagen angegeben war.

Als er die letzte Zahl, der angegebenen Telefonnummer, in die Tastatur des Telefons eingegeben hatte, da dauerte es nicht lange und er hörte das Freizeichen. Nach einem kleinen Moment ertönte eine Bandansage, die darauf hinwies, dass momentan alle Leitungen besetzt wären, er solle sich einen kleinen Augenblick gedulden, und von da ab hörte er Musik. Diese Musik sollte ihm wohl die Wartezeit etwas versüßen. Er konnte nicht genau sagen, wie lange er sich diese Musik schon angehört hatte, wenn man in einer Warteschleife hing, da kamen einem Minuten bald so vor, als wenn es sich um ganze Stunden handeln würde. Lars, der sowieso keine so große Lust auf dieses Telefonat hatte, schaute auf seine Armbanduhr, und dachte sich dabei, dass er den Anruf abbrechen wolle, wenn der Sekundenzeiger oben die Zahl zwölf erreichen würde. Wie es nun einmal im Leben so ist, zwei Sekunden vor der Zwölf meldete sich eine Dame am anderen Ende der Leitung. Lars wurde höflich begrüßt, und auch gleich danach gefragt, was man denn für ihn tun könne. Er hatte gleich gesagt, dass er hier einen Irrtum aufklären wollte, er hätte hier ein Schreiben bekommen, wo darin geschrieben stand, dass er sich hier melden solle um einen Termin für ein Vorstellungsgespräch auszumachen.

„Oh, ein Vorstellungsgespräch!", antwortete ihm die Dame. „Da tue ich sie gleich weiterverbinden, bitte bleiben sie am Apparat, ein zuständiger Sachbearbeiter wird gleich mit ihnen sprechen."

Kaum hatte die Dame ihren Spruch zu Ende gebracht, da hatte Lars auch schon wieder Musik auf dem Ohr. Er war eigentlich der Meinung gewesen, dass dies ein kurzes Telefonat würde, jetzt dauerte es schon viel länger als er gedacht hatte, und sein wirkliches Anliegen war er noch gar nicht losgeworden. Er wollte sich wieder eine Frist setzen, wann er diesen Anruf zu beenden gedachte, da meldete sich auch schon eine weitere Dame in der Leitung. Diese teilte ihm mit, dass sie die zuständige Sachbearbeiterin vom Personalbüro wäre, und fragte ihn nach seinen Wünschen. Lars meinte gleich, ohne noch sich einmal vorzustellen, dass er hier einen Fehler aufdecken wolle. Man hätte ihn hier ein Schreiben zukommen lassen, worauf er sich unter dieser Telefonnummer melden sollte. Darauf gab ihm die Dame zu verstehen, dass sie zuerst seinen Namen und wenn es geht auch die Bearbeitungsnummer, welche oben rechts auf dem Schreiben steht, von ihm bräuchte. Lars gab ganz brav diese Angaben durch das Telefon. Die Sachbearbeiterin gab ihm zur Antwort, nachdem man das kurze klappern einer Computertastatur hörte. „Herr Müllberger, da ist kein Fehler zu erkennen. Wir danken ihnen aber ganz herzlich, dass sie sich so schnell bei uns melden konnten. Ach, hier habe ich auch schon einen Termin für sie. Heute ist Dienstag, da können sie übermorgen schon kommen. Normalerweise geht es mit den Terminen bei uns nicht ganz so schnell, da haben sie richtiges Glück gehabt. Wie ich schon gesagt habe, am Donnerstag um acht Uhr dreißig morgens, bitte seien Pünktlich."

Mit einem Schlag war alle Farbe aus den Gesicht von Lars gewichen: „Gute Frau, das muss ein Irrtum sein."

„Aber nein, Herr Mühlberger, das ist kein Fehler, es ist genauso wie ich es ihnen gerade gesagt hatte."

„Ich bekomme doch sonst auch nur Absagen, auf meine Bewerbungen."

„Das kann ich mir gut vorstellen, aber unser zuständiger Abteilungsleiter, der Herr Dr. Öztürk, war der Meinung, dass er gerne den Menschen mal kennen lernen würde, der so eine Bewerbung schreibt. Ich glaube, er hält sie für ein Genie. Ja dieser Mann hat viel Erfahrung, wenn es um Menschen und um ihre Beurteilung geht. Bitte sind sie pünktlich, Herr Dr. Öztürk ist ein vielbeschäftigter Mann."

Lars versuchte noch ein wenig am Telefon zu verhandeln, einen anderen, einen späteren Termin wollte er ausmachen, zumindest wollte er über eine andere Uhrzeit verhandeln.

Die Sachbearbeiterin gab ihn aber zur Antwort: „Herr Mühlberger, bitte sagen sie mir wenn ich mich irre. Wenn ich ihre Unterlagen richtig interpretiere, dann sind sie doch im Moment ohne Arbeit."

„Ja, da haben sie schon recht, aber..."

Die Dame schnitt ihm das Wort einfach ab. „Dann ist ja alles klar. Vergessen sie bitte nicht, sie haben übermorgen einen Termin, seien sie bitte pünktlich. Bis dahin wünsche ich ihnen noch eine schöne Zeit."

Es knackte in der Leitung und das Gespräch war beendet. Lars verstand die Welt nicht mehr, warum hielten die sich nicht an die Spielregeln, an die sich doch alle anderen Firmen immer gehalten haben. Er fragte sich, zu wem oder was konnte man in dieser Welt noch vertrauen haben, wenn man da so auf das Glatteis geführt wird. Das größte Problem war für ihn, die frühe Uhrzeit, diese war für ihn zu einem unmenschlichen Zeitpunkt angesetzt.

Tina, die sich während des Telefonates in der Küche aufgehalten hatte, hörte ihren Lars, wie dieser so vor sich hin fluchte. Sie dachte sich, dass dies sich so anhören würde, als wenn er mit seinen Anruf schon zu Ende wäre. Aber es hörte sich auch so an, als wenn das Gespräch nicht ganz zu seiner Zufriedenheit verlaufen wäre. So ging sie vorsichtig in das Wohnzimmer und fragte voller Neugier: „Na, wie ist es denn so gelaufen, hast du den Job in der Tasche?"

Lars kochte vor Wut bald über, er schnauzte sie an. „Ach, hör mir bloß auf, ich glaube die haben mich irgendwie hereingelegt. Ich weiß auch nicht wie ich es sagen soll, die haben mich einfach überfahren."

Tina schaute ihn mit großen Augen an, überlegte kurz was er mit dem Begriff, Überfahren, gemeint haben könnte. Sie wiederholte dann einfach noch einmal ihre Frage: „Hast du nun den Job, oder hast du ihn nicht?"

Lars schüttelte den Kopf, er suchte nach den richtigen Worten und meinte nach wenigen Sekunden: „Weder ja, noch nein."

„Und was heißt das in einem verständlichen Deutsch? Lass dir doch nicht alles einzeln aus der Nase ziehen, so rede doch."

Lars hatte so etwas, was man einen Kloß im Hals nennt, diesen musste er erst einmal hinunterschlucken. „Die haben mich gar nicht erst groß zu Wort kommen lassen. Das musst du dir einmal vorstellen, die haben mir einfach einen Termin für Donnerstag gegeben."

Tina nickte ihm mit einem Lächeln zu und rief laut aus: „Das ist doch toll."

„Das musst du dir einmal vorstellen, am Donnerstag soll ich bei denen auf der Matte stehen, da wollen die mit mir ein Vorstellungsgespräch führen."

Tina könnte vor Freude glatt an die Zimmerdecke springen, sie ruft fröhlich aus: „Das ist doch klasse, da hast du doch den Job so gut wie in der Tasche. Ich finde das einfach Spitze!"

„In der Tasche, du bist gut. Ganz so einfach wie du dir das denkst ist es auch wieder nicht."

„Wieso nicht, wo ist denn der Haken bei der Sache?"

Lars verdreht die Augen. „Die wollen mich da mitten in der Nacht sehen. Stell dir mal das Ding vor: Ich soll da morgens um acht Uhr dreißig erscheinen. Wie stellen die sich das nur vor, da liege ich doch noch in den tiefsten Träumen. Ich glaube, das ist für mich, eine sehr ungesunde Uhrzeit."

„Ach Lars, ich bin so richtig stolz auf dich, endlich übernimmst du mal die Verantwortung für dein Leben."

„Was heißt hier Verantwortung, so wie mein Leben die letzten Jahre verlief, das war doch sehr schön, mehr braucht der Mensch doch nicht."

„Mensch Lars, das ist doch kein wirkliches Leben, das erinnert mich viel eher an so kleine Tiere, die zum Beispiel auf den Hunden leben. Wie nennt man die jetzt noch einmal?"

„Das sind die Flöhe!"

„Das weiß ich auch selbst, aber da gibt es einen Oberbegriff, für solche Tiere. Läuse und Flöhe haben doch noch einen Namen unter dem sie zusammengefasst sind. Ich komme jetzt einfach nicht darauf. Auf jeden Fall möchte ich nicht, dass wir als so etwas bezeichnet werden. Manches Mal fühle ich mich so richtig blöd, hauptsächlich, wenn ich mir so deine Bewerbungsschreiben angesehen habe. Irgendwie zieht sich da bei mir alles zusammen. Aber das ist ja jetzt egal. Mein Schatz hat ja nun einen Job, und da sieht die Welt doch gleich viel besser aus."

Lars war der Meinung, dass der Mensch ein Lebensmotto bräuchte, nach dem er sein Dasein gestalten sollte. Es geht ihm da so ein Spruch durch den Kopf und den will er Tina nun mitteilen: „Ich habe da mal was ganz tolles gehört und das gefällt mir so gut, dass ich gerne mein Leben danach ausrichten möchte."

„Dann lass mal hören.", forderte ihn seine Freundin auf.

„Ich weiß nicht ob ich es jetzt richtig zusammen bekomme aber es ging irgendwie so: Man solle sich die Vögel des Himmels ansehen, denn die würden doch irgendwie gut leben, ohne dass sie den ganzen Tag arbeiten müssten: Seht euch die Vögel am Himmel an, sie arbeiten nicht und sie werden dennoch jeden Tag aufs Neue ernährt. Das habe ich mal gehört, ich weiß aber nicht mehr wo, aber es gefällt mir sehr gut! Danach will ich leben, das soll meine Lebensphilosophie werden. Wenn das auf einfache kleine Tiere zutrifft, dann sollte dies doch erstrecht auf mich zutreffen."

Tina schaute ihren Freund an, schüttelte den Kopf und meinte: „Aus dir soll einer schlau werden. Jetzt willst du der Welt noch weißmachen, dass du ein frommer Mensch bist."

„Wieso fromm? Wie kommst du denn auf so eine Idee?"

„Das kann ich dir ganz genau sagen. Das was du eben gesagt hattest, das muss, so wie du es eben vorgetragen hattest, oder zumindest so ähnlich in der Bibel stehen."

Lars musste erst einmal einen kleinen Moment überlegen, denn er wusste nicht was er Tina darauf antworten sollte, er hielt es nicht für ganz ausgeschlossen, dass sie ihn nur ärgern mochte, und so fragte er sie: „ Woher willst du denn wissen, was in der Bibel steht?"

„Ich komme ja auch nicht von einem anderen Stern und als Kind war ich mit meinen Eltern oft in der Kirche. Ich schaue mir zuweilen auch mal sonntags den Gottesdienst im Fernsehen an, wenn der gnädige Herr noch im Land der Träume weilt."

Lars muss feststellen, dass es an Tina Seiten gab, die er bis eben noch nicht gekannt hatte, aber dann meinte er: „ Also, wenn so etwas in der Bibel steht, dann müsste ich mir doch einmal ernsthaft überlegen ob ich nicht auch ein frommer Mensch werden sollte."

„Schaden könnte es dir nicht.", war die Meinung seiner Mitbewohnerin. Sie sagte zu Lars, dass sie gleich wieder da wäre, sie müsste nur kurz etwas nachschauen. Der fast fromme Lars kapierte gar nichts mehr, schließlich kam er zu dem Schluss, dass er ja auch nicht alles verstehen müsse. Nach ein paar Minuten kam Tina zurück, sie hielt ein aufgeschlagenes Buch in den Händen, las ihren Freund daraus eine bestimmte Stelle vor: „Seht euch die Vögel des Himmels an: Sie säen nicht, sie ernten nicht und sammeln keine Vorräte in Scheunen; euer himmlischer Vater ernährt sie. Seid ihr nicht viel mehr wert als sie?"

Als die Vorleserin geendet hatte, mit ihrer kleinen Darbietung, da sah es bald so aus, als ob dem Lars die Augen aus dem Kopf fallen wollten, so große Augen bekam er auf einmal. Er fragte sie: „Was ist das für ein tolles Buch, was du da in deinen Händen hältst. Stehen da noch mehr so schöne Sachen drin?"

„Aber sicher, in diesem Buch stehen viele Dinge drin, die du als tolle Sachen bezeichnen würdest, und der Name dieses Buches ist: Bibel. Ja, ich habe dir aus der Bibel vorgelesen und zwar ein Vers aus dem Matthäusevangelium, das war ein winziger Abschnitt aus der Bergpredigt."

Da blieb dem, möchte gern Bibel Fan, erst einmal die Spucke weg, er musste das eben gehörte erst gründlich verdauen.

Nachdem Lars so einigermaßen verdaut hatte, was ihm seine Freundin eben vorgelesen hatte, da wollte unbedingt erfahren, woher sie so schnell die Bibel hervorgezaubert habe. Tina meinte, dass dies eine sehr lange Geschichte sei, und dass sie ihm diese auch sehr gerne erzählen würde. Sie würde sie ihm aber nur erzählen, wenn er sich wirklich dafür interessierte. In der Vergangenheit sei es ihr einfach viel zu oft passiert, dass wenn sie von kirchlichen Dingen erzählte, wurde sie entweder mitleidig belächelt oder ganz und gar ausgelacht, und darauf hätte sie nach so vielen schlechten Erfahrungen keine Lust mehr. Lars versprach, dass er sie wirklich ernst nehmen würde, und egal was sie ihm auch erzählte, er täte sie nicht auslachen. Und so erzählte Tina, dass sie eigentlich aus einer Familie stamme, wo der sonntägliche Besuch des Gottesdienstes eine ganz normale Sache gewesen sei. Sie selbst sei auch ganz gerne in die Kirche gegangen, wie sie dann sechzehn Jahre alt war, hat für sie der Firmunterricht begonnen. Im Unterricht da waren einige Jungs, die haben sich echt blöde benommen, sie fanden, es wäre eine ganz tolle Sache, wenn man regelmäßig den Unterricht stören würde. Diese Jungs hätten bei jeder Gelegenheit gemeint, dass sie sowieso nicht freiwillig zur Firmung gingen, aber weil sie zur Firmung viele Geschenke bekämen, waren sie auch bereit gewesen, dies alles über sich ergehen zu lassen. Tina hatte keine Lust gehabt in einer Gruppe mit solchen Leuten zu bleiben, also verließ sie den Unterricht und meinte, den könne sie ja in ein paar Jahren nachholen. Wie das Leben dann so spielt, wenn man schon mal nicht mehr in den Firmunterricht geht, dann geht man auch sonntags nicht mehr so regelmäßig zum Gottesdienst. Erst ging sie nur noch jede zweite Woche, später ging sie überhaupt nicht mehr dort hin. Aber in der letzten Zeit habe sie wieder das Verlangen verspürt, dass sie wieder in die Kirche gehen müsse. In einem Buchladen sah sie für kleines Geld eine Bibel stehen, und die kaufte sie sich dann auch gleich.

Lars war ganz fasziniert von der Geschichte, welche ihm Tina gerade erzählt hatte, er fragte sie mit großem Interesse: „Und du liest auch wirklich in der Bibel?"

Sie bejahte seine Frage und sagte zu ihm, dass sie gerade in den letzten Tagen die Bergpredigt gelesen habe, und aus diesem Grund wusste sie noch ganz genau, dass der Vergleich mit den Vögel am Himmel, zur Bergpredigt gehörte. Sie bot ihm an, dass sie ihm auch die ganze

Bergpredigt vorlesen könne. Lars gab ihr zu verstehen, dass ihm das gefallen würde, und so lauschte er den Worten aus der Bibel. Er war ganz fasziniert, er meinte, dass dies ganz und gar nicht mit dem übereinstimmen würde, was man sich so über die Kirche erzählte.

2.)
Wie kommt man zu Geld?

Marius Mosfeld saß zuhause, der Fernseher lief, aber Marius schaute nicht so wirklich hin und er hörte auch nicht zu was da so alles im Nachmittagsprogramm, in den Talkshows erzählt wurde. Er machte mal wieder einen Kassensturz, das heißt, er holte alles was er an Bargeld besaß hervor und breitete es auf den Wohnzimmertisch aus. Er schaute sich das Geld an, irgendwie sah er so etwas ganz gerne, aber als einen wirklichen Reichtum konnte man das, was er da ausgebreitet hatte, nun wirklich nicht bezeichnen. Ein paar Scheine und viel Geld in Münzen. Zusammen ergab das eine Summe von knapp zweihundert Euro. Das reichte noch nicht einmal für die nächste Miete. Marius war das eigentlich ganz gleich, der Vermieter sollte halt mal wieder warten, der bekäme schon noch was ihm zustehe. Marius meinte, es gäbe halt immer mal gute Zeiten und dann auch wieder mal schlechte Zeiten. Der Vermieter sollte doch froh sein, dass er überhaupt so eine Bruchbude an den Mann bringen konnte. Marius wollte sich beim besten Willen nicht wirklich vorstellen, dass man diese Wohnung an normale Mieter weitergeben könnte. Kein Fenster schloss wirklich, es zog in der Bude wie in einem Durchgangsbahnhof, und die Wasserleitungen hatten auch schon ihre besten Zeiten, lange hinter sich gebracht. Wenn man sich einen Kaffee kochen wollte, dann musste man erst minutenlang das Wasser laufen lassen, damit es sich von einer dunkelbraunen Brühe in eine kristallklare Flüssigkeit wandelte. Das alles machte Marius nicht wirklich etwas aus. Wenn er die Miete am Monatesende nicht aufbringen konnte, dann hatte sein Vermieter immer eine Lösung parat. Der Vermieter hatte in vielen Geschäften, von denen nicht alle immer so ganz astrein waren, die Finger drin. Und er gab dann Marius den einen oder den anderen Auftrag. Mal musste er an ein oder zwei Tagen auf einer Baustelle aushelfen, was ihm nicht viel ausmachte, denn das ist ja das, was er einmal gelernt hatte. Ein anderes Mal sollte Marius einen kleinen Lastwagen fahren, er sollte aber auch keine Fragen stellen, das gleiche galt natürlich auch auf den Baustellen. Er sollte einfach machen was er gesagt bekam und brauchte dann auch für den entsprechenden

Monat die Miete nicht zu bezahlen, so wäre allen geholfen sagte sein Vermieter immer.

Das alles waren für Marius nur ganz kleine Fische, er träumte davon, dass es gar nicht mehr allzu lange dauern würde, und dann würde er ganz groß mitmischen. In Gangsterkreisen würde sein Name das Synonym für das perfekte Verbrechen sein. In der Vergangenheit hatte er schon hin und wieder, das eine oder das andere ausprobiert, aber es wollte ihm nicht so wirklich gelingen. Er dachte sich, dass man alles von einer positiven Seite her sehen sollte. Was er bis jetzt auch schon ausprobiert hatte, auf jeden Fall waren dies Dinge die er ganz alleine durchziehen konnte, die hatten leider auf der einen Seite nicht wirklich hingehauen, aber auf der anderen Seite, und das war für ihn der wichtigste Teil: Er ist nie wirklich erwischt worden. Er hatte immer das Glück gehabt, dass man ihm nichts wirklich nachweisen konnte, oder dass man ihn nicht wirklich mit einer Sache in Verbindung brachte. Er sah dies nur als eine reine Lehrzeit an. Irgendwann, so dachte er sich, wird auch diese Lehrzeit vorüber sein, und dann wird er zu den Meistern in diesem Fach gehören, und dann müssten alle nach seiner Pfeife tanzen. Das sind so die Träume, die Marius immer wieder hatte. Und in der Tat, er hatte wieder ein Projekt vor den Augen, das diesmal einfach nicht schiefgehen konnte. Er rieb sich die Hände und meinte, wenn er dieses Ding durchgezogen hätte, dann gehöre er zu den ganz Großen in diesem Fach. Er schaute sich sein Geld an, welches er auf seinem Wohnzimmertisch ausgebreitet hatte und sagte zu sich selbst: „Wenn ich dieses Ding durchgezogen habe, dann wird dieser Tisch unter der Last des Geldes, was ich dann mein Eigen nennen darf, unter lautem Getöse zusammenbrechen. Ich werde Geld haben, es wird so viel sein, dass ich darin baden kann." Das war der Traum, den Marius hatte, aber Träume zu haben, das ist ja noch lange nicht strafbar. Wir wollen zuerst einmal in der Zeit noch weiter zurückgehen, und uns einmal ansehen was Marius in der Vergangenheit so angestellt hatte, um an Geld zu kommen. Wir wollen uns also seine sogenannte Lehrzeit einmal etwas genauer ansehen.

Marius hatte schon immer der Gedanke gut gefallen, einmal wirklich viel Geld zu besitzen. Was jetzt Marius aber nicht ganz so gut gefallen hatte war folgendes, dass er für diesen Reichtum auch wirklich arbeiten sollte. Er selbst hielt sich für einen Menschen, der immer gute Ideen hätte, und die bräuchte er nur gezielt umzusetzen und schon wäre der Reichtum einfach da. Gerade so als wenn der Reichtum ihn suchen würde. Also hatte sich Marius überlegt wie er sehr schnell und ohne großen Arbeitsaufwand an Geld kommen könne. Am leichtesten käme man wohl an Geld, wenn man sich vorher kundig machen würde, wo denn das Geld überhaupt ist. Jeden Tag wechselt doch eine große Menge Geld den Besitzer, und er musste nur sehen, wo denn das Geld so im Allgemeinen zwischengelagert wurde. Also machte er sich eine kleine Liste von Orten, wo er größere Mengen von Geld vermutete. Als erstes fiel ihm der große Supermarkt ein, den es in seinem Stadtteil gab. Ja Supermärkte, die schwimmen praktisch im Geld, das wusste er ganz genau. Wenn er sich nur überlegte was die Menschen da jeden Tag an Waren herausschleppten. Wenn so ein Einkaufswagen voll ist, dann muss man doch mehr als einhundert Euro an der Kasse lassen. Also die Ladenkasse, die musste ganz unbedingt auf seiner Liste stehen. Als Nächstes waren ihm die Taxis eingefallen, die hatten doch mit absoluter Sicherheit auch immer eine Unmenge von Geld bei sich. Man muss sich nur überlegen, was so eine kleine Fahrt mit dem Taxi kostet. Wenn man sich so überlegt was so ein Taxifahrer an Geld bei sich haben muss. Aber wie kommt man nur an das Geld heran. Marius war der Meinung, wenn man dann schon einmal in einem Taxi sitzt, dann würde einem schon das Richtige einfallen. Also die Kasse eines Taxis, die musste natürlich auch auf die Liste. Aber es gab doch sicher noch andere Möglichkeiten, wie man sich Geld aneignen könnte. Da fiel ihm nach kurzer

Überlegung der Laden ein, der Zeitschriften und Bürobedarf verkaufte, wenn man da nach Ladenschluss in den Laden käme, dann brauchte man sich nur die Kasse zu schnappen und ab durch die Mitte. Ja dieser Gedanke gefiel ihm sehr gut, also musste dieser Laden auch noch auf seine Liste. Er schaute sich seine Liste an und war der Meinung, dass er mit der Hilfe dieser Liste, nur im Laufe einer einzigen Woche, es zu einem gewissen Wohlstand bringen könnte. Aber etwas fehlte noch auf seiner Liste, etwas was die ganze Sache noch abrunden sollte. Ja richtig, dachte er sich, er müsse einfach eine Bank ausrauben. Das stellte er sich recht einfach vor. Reingehen, an den Schalter gehen, mit einer Pistole rumfuchteln und nach ein oder zwei Minuten, mit einer Tasche voller Geld aus der Bank hinausspazieren. Die Bank, die musste natürlich auch auf seine Liste. Marius hielt sich einfach für genial, und dass dies was er sich so zusammen fantasierte, auch in die Hose gehen konnte, diesen Gedanken ließ er einfach nicht zu. Erwischt werden nur die dummen Leute, so war seine Meinung. Er aber, so war er überzeugt, er war aus einem ganz andern Holz geschnitzt, und wenn er etwas machen würde, dann wäre das auch richtig durchdacht. Da fiel ihm ein, er hatte doch einmal, vor einigen Jahren, eine alte nicht mehr funktionstüchtige Pistole erworben. Man sah der Pistole ja nicht an, dass sie kaputt war. Ja mit dieser Pistole, würde er schon seine Pläne durchsetzen. Und da er ja nicht vorhatte wirklich zu schießen, da brauchte das Ding ja auch nicht wirklich zu funktionieren. Er hätte jetzt auch nicht gewusst, wo er denn die Munition kaufen sollte, ohne dass ihm unangenehme Fragen gestellt würden, die er auf keinen Fall beantworten wollte. Er begutachtete, mit einem gewissen Stolz, seine Liste und meinte, dass er diese nun so bald als möglich abarbeiten wolle. Ohne Fleiß kein Preis, so sagt man doch immer, dachte er sich. Er las sich die Liste noch einmal durch und kam zu dem Schluss, dass er diese in recht kurzer Zeit durchgearbeitet haben könnte, und dann hätte er es endlich geschafft. Ja dann würde er zu den Großen in der Welt zählen.

Marius klopfte sich auf die Schulter uns sagte zu sich selbst: „Du bist einfach der Größte, ich bin stolz auf dich."

Ein wirklich schlechtes Gewissen hatte er dabei nicht, er meinte, dass der Schaden der da entsteht, sowieso von der Versicherung übernommen wird. Und Versicherungen waren in seinen Augen, auch nicht anderes als Gauner. Er meinte Gauner gegen Gauner, das wäre doch eine gerechte Sache, wo ja kein wirklicher Schaden entstehen könnte. Es wird ja nur das Geld, welches sowieso im Fluss wäre, in eine andere Bahn gelenkt. Genau das würden doch, mehr oder weniger, alle machen. Was ist schon der große Unterschied, ob man eine Bank ausraubt oder ob man bei seiner Steuererklärung eine falsche Rechnung einreicht? Für Marius ist das alles genau das Gleiche. Wer das macht, was alle machen, der braucht auch kein schlechtes Gewissen zu haben. Entweder müssen sich wirklich alle an die Gesetze halten, oder es braucht sich keiner daran zu halten. Dies war die Philosophie an der sich Marius orientierte, darin fand er immer wieder eine gute Entschuldigung für sein Verhalten.

Marius dachte sich, dass er seinen Plan, so schnell wie es nur geht, in die Tat umsetzen wollte. Jeden Tag, um den er seinem Plan nach hinten verschieben täte, der würde ihn von seinem Reichtum, nur ganz unnötig, fernhalten. Er meinte also, dass er sich jetzt einen Plan machen sollte, wie er denn genau vorzugehen hätte. An der Reihenfolge seiner Liste wollte er nichts mehr ändern, er war der Meinung, es ergäbe schon einen tieferen Sinn, warum ihm diese Dinge genau in dieser Reihenfolge eingefallen sind. Die Frage war jetzt nur: Wann genau solle er losschlagen. Nach einer kurzen Weile, des intensiven Nachdenkens, kam er zu dem Schluss, es wäre wohl das Sinnvollste, wenn er am Montag der nächsten Woche beginnen würde, so hätte er jetzt noch ein paar Tage Zeit um sich die verschiedenen Örtlichkeiten noch einmal anzusehen. Er nahm sich seine Liste vor und schrieb an jeden einzelnen Punkt noch den betreffenden Wochentag hinzu, dass die Liste nun so aussah:

Punkt 1: Supermarkt / Montag

Punkt 2: Taxi / Dienstag

Punkt 3: Laden für Zeitschriften und Bürobedarf / Mittwoch

Punkt 4: Bank / Donnerstag

Die Liste gefiel ihm jetzt noch viel besser, er sagte zu sich selbst: „Diese Woche musst du recht fleißig sein, dann bist du am Freitag ein reicher Mann."

Am Montag ist er dann wirklich in den Supermarkt gegangen. Er meint, dass er vor sechzehn Uhr nicht dort sein brauchte. Die Kassen sollten schon ordentlich gefüllt sein, wenn er zum Abkassieren kam. Marius trieb sich eine Weile im Supermarkt herum, er hatte auch einen Einkaufswagen mit in den Laden hineingenommen und tat da ein paar Sachen reinlegen, die er nicht wirklich gebrauchen konnte. Er war halt der Meinung, dass er so nicht auffallen würde, wenn er wie ein ganz normaler Kunde wirkte. In der Innentasche seiner Jacke steckte ein großer Schraubendreher, den manche auch als Schlitzschraubenzieher bezeichnen. Dieser Schraubendreher war seine ganze

Ausrüstung, mehr Equipment brauchte er nicht. Zu seiner großen Freude waren zwei der drei Kassen besetzt. Er dachte sich, dass er zuschlagen wolle, sobald eine der beiden Kassiererinnen ihre Kasse schließt. Er wollte dann die Kasse schon wieder aufmachen, er lachte stumm in sich hinein. Nach einer knappen halben Stunde, als der Ansturm auf beide Kassen etwas nachließ, sah er dass die rechte Kasse, die in der Nähe der Wand ihren Platz hatte, zugemacht wurde.

Marius wartete bis die Kassiererin ihre Kasse abgeschlossen hatte, und kurz darauf irgendwo im Laden verschwunden war. Er ließ seinen Einkaufswagen vor der Kühltheke stehen und schlenderte an die frischgeschlossene Kasse. Die andere Kassiererin wandte ihm den Rücken zu. Marius sprach fast ganz tonlos: „So viel Glück hat man ja nicht alle Tage." Und im gleichen Augenblick saß er auch schon auf den Stuhl in der Kassenzelle, er griff in seine Jacke und wollte gerade den Schraubendreher herausholen, um die Geldschublade der Kasse aufzubrechen. Er dachte sich das nämlich so: Die Schublade ist doch aus einem Plastikmaterial und da braucht er nur oben mit den Schraubendreher in den Spalt, zwischen Schublade und Kassengehäuse, zu gehen und einmal kurz mit der Faust auf den Griff des Schraubenziehers zu schlagen, und schon springt die Kasse fast von selbst auf. Wie gesagt, er griff mit der rechten Hand nach dem

Schraubendreher, der in der linken Innentasche seiner Jacke steckte, als er folgendes hörte: „ Junger Mann, was machen sie denn da?" Erschrocken zuckte Marius zusammen, aber geistesgegenwärtig hatte er auch schon eine passende Antwort parat: „Gute Frau", sprach er. „mir ist eine Euromünze hierrunter gerollt, aber ich habe sie schon gefunden."

Marius der sich alles so schön ausgemalt hatte, der hatte in seinem Plan aber nicht berücksichtigt, dass man ihn erwischen könnte. Der Kassiererin an der anderen Kasse, war ein Schatten aufgefallen und hatte sich darauf ganz automatisch umgedreht und sah Marius an der zweiten Kasse sitzen. Bevor die Kassiererin noch irgendetwas Weiteres unternehmen konnte, hatte Marius, so flink wie ein Wiesel, den Supermarkt schon wieder verlassen. Die Kassiererin sagte zu dem Kunden den sie im Moment bediente: „Leute gibt es, die gibt es gar nicht. Ich hätte jetzt fast gedacht, dass dieser Typ die Kasse aufbrechen wollte." Und schon war eine große Diskussion an der Kasse im Gange, jeder Kunde musste natürlich etwas zum Besten geben. Alle hatten etwas anderes dazu zu sagen, jeder hatte seine ganz persönliche Meinung einbringen wollen. Mit dem Abkassiert zu werden, hatte es auf einmal keiner mehr so wirklich eilig gehabt. Bis sich an der Kasse alles wieder normalisierte, war Marius schon bald wieder zuhause. Er ärgerte sich wahnsinnig über die Kassiererin, er fluchte lauthals: „Muss diese Tante sich gerade genau in diesem Moment umdrehen, die sollte sich doch besser um ihre eigenen Sachen kümmern und nicht anderen Leuten alles kaputt machen." Nach einiger Zeit hatte sich Marius auch schon wieder beruhigt. Er war zu dem Schluss gekommen, dass Rom auch nicht an einem einzigen Tag erbaut wurde. Am nächsten Tag, da sollte alles viel besser laufen, und das war für ihn Trost genug.

Am Dienstagmorgen, der Woche des neuen Reichtums, sah für Marius die Welt schon wieder ganz anders aus. Für diesen Tag hatte er sich vorgenommen, dass er die Kasse eines Taxis an sich bringen wollte. Diesmal konnte, nach seiner Vorstellung, nichts falsch laufen, an jenen Tag hatte er die Sache besser unter Kontrolle. Er hatte sich die alte Pistole schon zurechtgelegt, mit diesem Teil wollte er den armen Taxifahrer zu Tode erschrecken, und dieser würde ihm dann die Kasse mit den Tageseinnahmen sofort aufdrängen. Dieser Gedanke gefiel Marius gut, wenig zu Arbeiten aber viel dabei verdienen, das war etwas was ihm besonders gut gefallen hatte. Er hatte sich folgenden Plan ausgedacht Er wollte sich ein Taxi bestellen, dann lässt er sich nach Frankfurt fahren, aber nicht ganz bis in die Stadt hinein. Im Süden von Frankfurt da gab es aus

Holz so einen Aussichtsturm, um den Turm herum war ein großer Spielplatz angelegt, und um diese Jahreszeit dürfte da nicht viel los sein. Auf dem Parkplatz der zu dem Aussichtsturm gehörte, da wollte Marius dem Taxifahrer dann die Pistole vor das Gesicht halten, und der Rest müsste danach nur noch eine reine Formsache sein. Der Taxifahrer wäre bestimmt froh, wenn er so schnell wie es nur möglich aus der Sache, mit heiler Haut, herauskäme.

Nachdem Marius den Plan, im Geiste noch einmal durchgegangen war, bestellte er sich per Telefon ein Taxi. Er rief in der Taxizentrale unter falschen Namen an, und bestellte sich ein Taxi an eine nahegelegene Bushaltestelle. Er war der Meinung, noch schlauer konnte man so eine Sache gar nicht beginnen. Nach wenigen Minuten fuhr auch schon ein Taxi die betreffende Bushaltestelle an. Der Fahrer fragte Marius, ob er ein Taxi bestellt habe, dieses bejahte er. Nachdem er im Taxi saß und sein Fahrziel genannt hatte, brauste der Wagen auch schon los.

Der Taxifahrer hatte bei seinem neuen Fahrgast ein ganz komisches Gefühl in der Bauchgegend, irgendetwas stimmte mit diesem Kerl nicht, aber er war sich sicher, dass er dies bald herausfinden würde. „So, dann wollen sie also in den Wald?", begann der Taxifahrer ein Gespräch. „und das in dieser Jahreszeit. Der Turm ist, nach meinem

Wissen, zurzeit gesperrt für Besucher. Er wird renoviert, man kann gar nicht hochgehen und die Aussicht genießen." Marius wusste nicht was er darauf antworten sollte, er nickte nur und brummelte etwas Unverständliches vor sich hin. Bei dem Taxifahrer erhärtete sich immer mehr der Verdacht, dass mit Marius etwas nicht stimmen konnte. Der Taxifahrer kam zu dem Schluss, sein Mitfahrer sei gefährlich, und so wollte er ihm zeigen, dass man mit Taxifahrer nicht alles machen konnte. Der Fahrer setzte die Unterhaltung fort: „Ich weiß ja nicht wie weit sie so die Nachrichten verfolgen, aber in letzter Zeit ist es doch des Öfteren geschehen, dass ein Taxi in eine einsame Gegend gelotst wurde, und dann wurde der Fahrer ausgeraubt!"

Als Marius dies hörte, wurde es ihm beinah schlecht, er änderte schlagartig seine Gesichtsfarbe. Der Taxifahrer beobachte Marius ganz genau und meinte, dass er den richtigen Riecher für solche Typen habe, dieser Kerl hier hatte ganz bestimmt so etwas Ähnliches vorgehabt. Der Fahrer wandte sich wieder an Marius: „Sie brauchen keine Angst zu haben, dass wir da im Wald überfallen werden, ich habe da schon meine Vorkehrungen getroffen." Blitzschnell, und ohne dass Marius wusste wie es ihm geschieht, hielt der Taxifahrer auf einmal etwas Schwarzes in der Hand. Dieses Schwarze entpuppte sich sehr schnell als ein kleiner

Trommelrevolver. „Sehen sie guter Mann, da kann uns beiden nichts passieren, egal wo wir auch hinfahren, oder wer uns auch wo immer auflauern könnte, bei mir sind sie ganz sicher aufgehoben. Ich weiß doch was ich meinen Fahrgästen schuldig bin." Marius, der nun wusste, dass er auf verlorenen Posten war, wollte nur noch die Sache, so schnell wie möglich, abrechen. Deshalb sagte er zum Taxifahrer: „Wenn das wirklich so ist, dass der Turm gesperrt ist, dann macht es ja auch keinen Sinn für mich, dass sie mich dorthin fahren. Sie können gerade hier anhalten, ich steige wieder aus." Marius zahlte den Fahrpreis, den die Zählmaschine im Taxi anzeigte und war heilfroh, dass er aussteigen konnte. „Das ging schon wieder voll in die Hose!", fluchte Marius vor sich hin, als er sich auf den Heimweg machte. Aber am nächsten Tag, am Mittwoch, da klappt es hundertprozentig, war sich Marius sicher. Schließlich kann ja nicht alles schief gehen, einmal musste das Glück doch auch auf seiner Seite sein.

Als am Mittwoch, früh morgens, Marius aufwachte, da war er schon ganz aufgeregt. Er wusste, dass es diesmal klappen musste, etwas anderes war für ihn gar nicht vorstellbar. In den letzten Tagen hatte er sich etwas schlau gemacht, er hatte die Öffnungszeiten des Zeitschriftengeschäftes in Erfahrung gebracht, des Weiteren hatte er festgestellt, dass dieses

Geschäft einen Hintereingang besaß, und dieser Hintereingang lag in einem dunklem Hof, einem sogenannten Hinterhof, in dem einige Autos parkten. Diese Autos gehörten wohl den Mietern, die in den Wohnungen über den Zeitschriften und Bürobedarfsgeschäft lagen, den dieses Haus bestand aus mehreren Stockwerken, und wie es aussah waren alle Wohnungen vermietet, den an jedem Klingelknopf war auch ein Name angebracht.

Marius hatte bei seinen Nachforschungen herausgefunden, dass er am Abend nach acht Uhr, dort seiner Tätigkeit als Einbrecher nachkommen konnte, denn da war es in dem Hof schon etwas dunkel in dieser Jahreszeit, und der Ladenbesitzer war auch schon weggegangen, den dieser verschwand immer gleich nach Ladenschluss. Marius dachte sich, wenn auch diese Woche schon alles irgendwie schief gelaufen ist, so kann an diesem Abend nichts falsch laufen. Er rieb sich die Hände und sprach vor sich hin: „Irgendwann entdeckt halt jeder einmal seine starken Seiten, bei mir wird es wohl der Ladeneinbruch sein, man kann da alles ganz genau planen, und da kommt einem auch nichts Unerwartetes dazwischen."

Als es dann Abend geworden war, ist Marius aufgebrochen um in den Laden einzubrechen. Er war ausgestattet mit einem kleinen Köfferchen in dem eine Akkubohrmaschine und diverse Bohrer untergebracht waren, und in seiner Jackeninnentasche trug er wieder diesen starken Schraubendreher. Er stellte sich den Einbruch ganz einfach vor. Mit der Bohrmaschine wollte er den Schließzylinder ausbohren, dies hatte er einmal in einem Film gesehen, das ging da sehr schnell und machte überhaupt keinen Krach. Mit dem Schraubenzieher könnte er dann im Laden Schubladen und Schranktüren aufhebeln, auch eine normale Ladenkasse dürfte da keinen großen Widerstand leisten.

Als Marius in diesem Hinterhof angekommen war, er brauchte zu Fuß knapp zehn Minuten, da legte er sein ganzes Werkzeug vor die Tür des Ladenhintereinganges und begutachtete die Tür samt Schloss erst einmal ganz genau.

Es mögen gerade zehn oder zwanzig Sekunden vergangen sein, da war auf einmal ein lautes und tiefes Hundegebell zu hören. Marius, dem das Herz in die Hose gerutscht war, konnte gar nicht feststellen, von wo denn das Gebell herkam. Er wusste nur, dass er unter diesen Umständen, heute und hier, nicht arbeiten konnte. Ihm war noch nicht klar, wie er sich verhalten müsse. Ob er vielleicht einem Moment warten sollte, bis sich der bellende Hund beruhigt habe. Marius konnte noch immer nicht sagen, von wo genau das Bellen kam, er hatte den Eindruck es wäre einfach überall. Auf einmal hörte er eine laute Männerstimme: „He, sie da unten, was wird das denn, wenn es fertig ist? Ich kenne Sie überhaupt nicht, was haben sie hier in unserem Hof zu suchen?"

Marius schaute nach oben, und da sah er einen großen Mann auf einem Balkon, im dritten Stockwerk stehen, und zu dessen Füssen machte ein Altdeutscher Schäferhund sitz, welcher durch die Eisengitter recht gefährlich aussah. Der Schäferhund hatte inzwischen das Bellen aufgegeben, denn jetzt war sein Chef da, den er wohl mit seinem Gebell auf den fremden Kerl da unten im Hof aufmerksam machen wollte.

Marius wusste, dass er jetzt irgendetwas sagen müsse: „Bitte entschuldigen Sie die Störung, ich selbst habe auch einen Hund, und der ist mir gerade weggelaufen, ich dachte er wäre hier in den Hof hineingelaufen, aber wie es aussieht da ist mein Hund dann doch nicht hier rein gelaufen. Sie haben hier keinen kleinen Hund gesehen, oder?"

„Nein, ich habe keinen fremden Hund bemerkt, aber vielleicht hat mein Rex hier deswegen angeschlagen, der ist da sehr aufmerksam."

Marius schnappte sich seinen Bohrmaschinenkoffer, und war dann so schnell wie ein geölter Blitz aus dem Hof verschwunden, und war dann gleich nach Hause gelaufen. Er wollte sich von den ganzen Fehlschlägen, dieser Woche, nicht mutlos machen lassen.

Den vierten Punkt auf seiner Liste, den wollte er auf jeden Fall am nächsten Tag erledigen. Er spürte es ganz genau, sein Bauchgefühl sagte ihm, dass er morgen alles richtig machen würde. Morgen, da würde er endlich seine leere Kasse auffüllen.

Es war nun schon Donnerstag geworden, Marius saß beim Frühstück, er ließ die Geschehnisse dieser Woche, vor seinem geistigen Auge, noch einmal vorbeiziehen. Er wusste nicht ob er mit sich zufrieden sein sollte, irgendwie war er trotz allem innerlich gespalten. Auf der einen Seite hatte er auf der ganzen Linie nicht einen einzigen Erfolg vorzuweisen, aber auf der anderen Seite hatte man ihn auch nicht beschuldigen können, dass er ein krummes Ding drehen wollte. Wenn man es von dieser Seite her sah, dann war diese Woche doch irgendwie erfolgreich für ihn gewesen. Marius war von seinem Naturell her gesehen eigentlich ein optimistischer Mensch. Es war nun Donnerstag geworden und er kam zu dem Schluss, dass er diese Woche als eine Art von Training ansehen müsste. Er hatte sich die ganze Woche hindurch an die verschiedenste Dinge herangetastet, und er hätte es ja schließlich beinah jedes Mal geschafft. Es gab da nur ein paar Kleinigkeiten, die er in seinen Plänen nicht wirklich berücksichtigt hatte, und so sagte er zu sich selbst: „So, das war jetzt meine

Lehrzeit, und nun fertige ich mein Gesellenstück an, ich halte es noch nicht einmal für ganz ausgeschlossen, dass dieses Gesellenstück glatt als ein Meisterstück durchgeht!"

Marius hatte für den heutigen Tag an alles gedacht. Nach seiner Meinung, konnte an diesem Tag nichts falsch laufen. Als Ausrüstung wollte er die alte, kaputte Pistole mitnehmen, und weil er das erbeutete Geld nicht in der Hand tragen wollte, da nahm er eine große Plastiktüte mit, die er bei seinem letzten Einkauf im Supermarkt mitgebracht hatte. Diese Tüte konnte er etwas zusammengelegt, prima in die Hosentasche stecken. Der Meisterdieb hatte sich eine Bank ausgesucht, die nicht an einer Hauptstraße lag, sondern in einer ruhigen Seitengasse. Diese Bankfiliale war in einem älteren Haus, welches aus roten und gelben Ziegelsteinen erbaut war. Die Filiale war nicht besonders groß, aber dennoch nahm Marius an, dass dort eine Unmenge von Geld gelagert wäre.

Nachdem Marius sein Frühstück beendet hatte, verließ er das Haus, nahm den Bus und fuhr einige Stationen und war dann auch schon recht bald bei der Bank angelangt. Er musste nur noch in die Seitenstraße hineinlaufen und schon stand er vor der Bank, die er sich für seinen Zweck ausgesucht hatte. Marius betrat die Bank, er musste leider feststellen, dass alle Schalter mit Kunden belegt waren, die eifrig mit den

Bankangestellten diskutierten. Damit hatte Marius nicht gerechnet. An der Wand, im Hintergrund der Bank, waren ein paar bequeme Sessel aufgestellt und daneben war ein Stand mit Prospektmaterial aufgebaut. Marius setzte sich erst einmal in einen der Sessel, nahm sich eines der Prospekte und tat so, als ob ihn das Angebot auf dem bedruckten Blatt Papier wirklich interessieren würde. Er wollte warten bis alle Kunden die Bank verlassen hätten, und dann wollte er zuschlagen. Er würde dann zum Schalter in der Mitte gehen, dem jungen Mann, der dort Dienst hatte, die Pistole ins Gesicht halten, der Rest würde dann einfach wie von selbst seinen Weg gehen. Mit einer vollgestopften Plastiktüte wollte er anschließend den Heimweg antreten. Marius beobachtete das Geschehen an den einzelnen Bankschaltern ganz genau. Er schaute über den oberen Rand des Prospektes, welches er in der Hand hielt. Es dauerte wirklich nicht sehr lange, da kam der passende Moment, und Marius wollte jetzt loslegen. Er stand langsam von seinem Sessel auf, er griff mit der rechten Hand nach der Pistole in seiner linken Jackeninnentasche. Genau in diesem Moment ging schon wieder die Eingangstür auf und zwei Leute betraten die Bank, ein Mann und eine Frau, beide in Polizeiuniformen gekleidet. Marius ließ seine Pistole dort stecken, wo sie war und er verließ die Bank, in aller Windeseile. Er lief zur

Bushaltestelle und fuhr mit dem nächsten Omnibus nach Hause.

Die Polizei kam nicht etwa wegen Marius in die Bank, sie suchten nur den Fahrer eines Autos, der seinen Wagen ein wenig ungünstig abgestellt hatte. Diesem Autofahrer wollten sie die Chance geben den Wagen wegzufahren, ohne dass ein Strafzettel ausstellt werden müsste. Es gibt schon recht komische Zufälle in der Welt.

Als Marius nach seinem missglückten Banküberfall wieder nach Hause gekommen war, da ließ er die ganze Wut, welche sich im Laufe der Woche, in ihm aufgestaut hatte heraus. Er schrie durch die Wohnung wie ein Wahnsinniger, ob die Nachbarn etwas mitbekamen, das war ihm in diesem Moment total egal gewesen. Marius gebrauchte Schimpfwörter, die wir hier an dieser Stelle lieber nicht wiederholen wollen. Eins kann man aber sagen, Marius besitzt, in einer bestimmten Richtung, einen relativen großen Wortschatz, diesen Neid muss man ihm lassen. Aber auch der schlimmste Ärger tut sich mit der Zeit verringern und flacht nach eine Weile wieder ab, Marius sollte da keine große Ausnahme bilden. Er war zwar gut und gerne zwei Tage nicht wirklich ansprechbar, aber dann legte sich sein Zorn schon wieder. Er war der Meinung, dass er nach vorne blicken müsste und nicht immer an vergangene Dinge sich festhalten solle. Schließlich hatte er sich vorgenommen, in den nächsten Tagen reich zu werden, und das konnte nur dann funktionieren wenn er wieder anfing sich ernsthafte Gedanken darüber zu machen. Marius ließ die Woche noch einmal vor seinem geistigen Auge vorüber ziehen. Er bewertete jeden einzelnen Tag, jeden einzelnen Fall, sehr kritisch, er suchte nach den Fehlern, die in seinen Vorbereitungen sich versteckten. Er konnte aber keinen einzigen Fehler erkennen, er fand dass er eine gute Vorarbeit geleistet hätte. Alles was ihm in dieser Woche dazwischen gekommen war, das konnte er beim besten Willen, nicht vorhersehen. Er dachte sich, dass er beim nächsten Mal einen Plan entwickeln müsste, wo ihn wirklich niemand in die Quere kommen könnte. Wenn er alles noch einmal, aus einem gewissen Abstand betrachtete, dann kam er zu dem Schluss, dass das mit der Bank die beste Sache wäre. Er müsste halt einen Weg finden wie er es schaffen könnte, dass er ganz alleine in der Bank wäre. Dies müsste zu einer Zeit sein, wo weder Kunden noch die Bankangestellten sich in dem Gebäude befanden, aber wie sollte er das hinbekommen. Er hatte ja in dieser Woche erlebt, was so alles geschehen kann, wenn man versucht eine Tür aufzubrechen. Bei dem Zeitungladen, da stand auf einmal ein großer Hund auf einem Balkon und hatte alle Welt, auf den versuchten Einbruch, aufmerksam gemacht. Es muss doch noch ganz andere Möglichkeiten geben um in so eine Bank einzudringen, ohne dass dies gleich jemand mitbekommt.

Marius murmelte vor sich hin: „ Ein guter Plan, der braucht halt auch seine Zeit um gut auszureifen, man kann und darf das nicht überstürzen. Ich bin ja nicht direkt in Zeitnot, also kommt es jetzt auch nicht unbedingt darauf an, ob die Vorbereitung etwas länger dauert. Ist es nicht auch so bei einem guten Wein oder bei einem guten Käse? Beide brauchen ihre Zeit bis sie reif sind, und dann sind sie wirklich köstlich. Ich muss mir nur in aller Ruhe überlegen, wie ich in die Bank hinein kommen kann, und schon habe ich gewonnen. Wenn ich erst einmal in der Bank bin, dann finde ich schon die richtigen Wege um an das Geld zu kommen. In so einer Bank, da müssen doch millionen von Euros lagern, und am Schalter hätte ich bei einem geglückten Überfall, vielleicht nur ein Zehntel davon bekommen. Die Leute können in so einem Fall ja schließlich nicht mehrmals in den Keller gehen und Geld holen, weil man auf einmal nicht eine so große Menge Papiergeld in der Hand tragen kann." Und so hatte Marius den Grundstein für seinen nächsten Versuch, um an das große Geld zu kommen, gelegt. Jetzt ging es ihm schon wieder viel besser. Er wusste, dass der Rest sich schon irgendwie finden würde, seine Pechsträhne müsste ja schließlich auch einmal ein Ende haben.

3.)
Das kann nur ein Irrtum sein

Lars Mühlberger hätte noch vor wenigen Tagen jeden ausgelacht, der ihm erzählte, dass er bald in einer Firma sitzen würde um auf sein Vorstellungsgesprächs zu warten. Niemals hätte er dies für möglich gehalten. So ganz von alleine war dies ja auch nicht gekommen, seine Freundin Tina Rückert hatte ihn da ganz ordentlich zugesetzt. Er selbst hätte schon eine unendliche große Zahl an Ausreden gefunden, um nicht hier erscheinen zu müssen. Tina war da gnadenlos, sie hatte ihm solange zugesetzt bis er eingewilligte. Zumindest hatte er zugestimmt, dass er an diesem Vorstellungsgespräch teilnehmen würde. Lars war halt der Meinung, dass zu einem ordentlichen Gespräch mindestens zwei Leute gehören. Er dachte sich, dass Gestalten von dieser komischen Firma nun ihn Überzeugen müssten, warum gerade er bei ihnen arbeiten sollte. Er war der Meinung, dass er gleich zwei Fliegen mit nur einer Klappe schlagen könnte. Zum einen war Tina froh, dass er hierhergekommen sei, und zum anderen musste er den Leuten doch irgendwie beweisen, dass sie einen Fehler machten, als sie ihn hierher eingeladen hatten.

Lars ging natürlich noch immer von einem Irrtum aus. Auf Grund seines Bewerbungsschreibens konnte ihn unmöglich ein Arbeitgeber einstellen, und so hoffte er, dass sich dieser kleine Irrtum in wenigen Minuten aufklären müsste. Er saß auf einem bequemen, modischen Stuhl, welcher eine helle und auch sehr weiche, Kunstlederoberfläche besaß. Es ging ihm im Moment so ähnlich, wie es wohl viele Menschen in einem Wartezimmer beim Zahnarzt ergeht. In der Magengegend hatte er ein recht eigenartiges Gefühl und er glaubte, dass sich gerade eine kleine Übelkeit ansagen wollte. Er machte die Augen zu und da liefen, wie in einem Film vor seinem geistigen Auge, noch einmal die Ereignisse des heutigen morgens vorüber, er meinte dass er gerade alles noch einmal erleben würde. Alles war für ihn zum Greifen nahe. Geradeso als wenn es sich in diesem Moment wiederholte.

„Guten Morgen, lange genug geschlafen.", flötete Tinas Stimme durch das Schlafzimmer bis an das Ohr von Lars. Er schreckte aus dem Schlaf hoch, und wusste im ersten Moment gar nicht was los ist. Er schaute Tina fragend an, die ihm dann gut gelaunt antwortete: „Aufstehen, du Faulpelz, genug geschlafen, die Arbeit ruft nach dir!", da fällt es ihm wieder ein, eine Zeitlang hatte er gehofft, dass dies nur ein schlechter Witz sei, aber das war kein Witz, das war die Realität. Lars hatte heute, seit sehr langer Zeit, sein erstes Vorstellungsgespräch. Dies war wohl auch der Grund dafür gewesen, dass er in der vergangenen Nacht, nicht wirklich erholsam geschlafen hatte, es gingen ihm die verrücktesten Dinge durch den Kopf. Die Arbeitswelt war ja nicht wirklich seine Welt. Er schaute auf die Anzeige seines Radioweckers und glaubte er wäre in einem falschen Film. „Sag mal Tina, stimmt etwas mit der Uhr vom Radiowecker nicht?"

„Was soll denn mit der Uhr nicht stimmen?", fragte sie zurück.

„Dann schau doch einmal selbst, die Uhr zeigt in großen und roten Zahlen genau zwei Minuten nach sechs Uhr, das darf doch nicht wahr sein!"

„Aber klar ist es wahr, ich hatte die Uhr erst gestern neu gestellt, damit es heute zu keinem Unglück kommt, und du dann zu spät zu deinem Vorstellungsgespräch erscheinst. Was würde das für einen Eindruck auf deinen neuen Chef machen. Der käme vielleicht auf die Idee, dass du nicht so wirklich interessiert an den Job wärst, und dass wollen wir doch beide nicht?" Lars setzte an und wollte lauthals protestieren, da bremste ihn Tina auch schon aus. „Auf, auf, ab ins Bad, denn ungeduscht gehst du mit heute nicht aus dem Haus, ich habe dir saubere, ordentliche

Kleidung ins Bad gelegt. Also auf, mach schon, der Kaffee ist auch schon so gut wie gekocht, ich brauche die Maschine nur noch zu starten. Aber jetzt raus aus den Federn!" Lars hatte keine Chance sich gegen seine Freundin zur Wehr zu setzen, also stand er auf und wanderte treu und brav unter die Dusche. Das Frühstück, welches ihn danach erwartete, das tat ihn wieder mit der Welt versöhnen, und er haute erst einmal ein paar Scheiben Toastbrot weg, und trank auch mehrere Tassen heißen Kaffee. Ein gutes Frühstück, das gefiel Lars immer, auch wenn es nicht immer so früh am Morgen sein müsste. Tina sagte ihm, wann genau er das Haus verlassen müsse. Sie hätte ihm hier auf einem Zettel ganz genau aufgeschrieben welchen Bus er nehmen müsse, und an welcher Station er dann umsteigen sollte und auch wo genau er aussteigen müsste um endgültig sein Ziel zu erreichen. Irgendwie war er froh darüber, dass er so eine Freundin hatte, denn er selbst hatte sich bis jetzt noch keine Gedanken darüber gemacht, wie er zu dieser Firma gelangen sollte. Tina kannte ihren Lars ja gut genug, aus diesem Grund hatte sie schon die Vorarbeit geleistet.

Später verließen sie gemeinsam das Haus, Lars machte sich auf den Weg zu seinem Termin und Tina, die auf 400 Euro Basis arbeitete, machte sich auf den Weg zu dem Supermarkt, wo sie einige Stunden in der Woche an der Kasse saß.

Lars war erstaunt, wie viele Leute an der Bushaltestelle warteten, er fragte sich nur: Warum sich die Leute dies wohl antun, und das möglicherweise jeden Morgen wieder aufs Neue. Nachdem Lars am Automaten einen Fahrschein gezogen hatte, kam auch gleich sein Bus angefahren.

Vor seinem geistigen Auge sah Lars noch den vollen Bus, in dem er gerade noch einen Stehplatz bekommen hatte, da wurde er auch schon aus seinem Tagtraum gerissen. Hinter sich hörte er eine freundliche Stimme. „Guten Morgen Herr Mühlberger, es freut mich sehr, dass ich sie hier in unsere Firma begrüßen darf. Mein Name ist Dr. Öztürk, ich hoffe sie hatten eine angenehme Anfahrt gehabt?" Lars stand sofort von seinem Stuhl auf und ging auf Herrn Dr. Öztürk zu, sie gaben sich die Hände. „Ich darf sie ganz herzlich bei der SHG.AG begrüßen. Ich denke mir, wir machen jetzt kein langweiliges Bewerbungsgespräch, wir gehen einfach in den Bereich unsere Firma, wo wir sie gerne einsetzen möchten." Lars wusste gar nicht wie er mit der Situation umgehen sollte, es ging ihm sehr viel durch den Kopf, aber dass er eigentlich nur aufklären wollte, dass es sich bei seinem Termin um einem Irrtum handelte, dieser Gedanke war ihm total verlorengegangen. „Können sie sich vorstellen, Herr Mühlberger, was die SHG.AG also die -Süd Hessische Anlagebau. AG- herstellt?"

„Wenn ich jetzt ganz ehrlich bin, dann muss ich leider zugeben, dass ich mich noch nicht darüber informiert habe."
„In erster Linie sind wir Zulieferer für große und namhafte Maschinenhersteller, sowie auch der Automobilindustrie. Ihr Aufgabenbereich wäre dann, sich darum zu kümmern, dass das Material, welches täglich unser Haus verlässt, pünktlich auf die LKWs verladen wird. Das gleiche gilt natürlich auch für die Waren, die täglich bei uns eintreffen, dass die Papiere überprüft werden, und alles zügig in das Lagersystem aufgenommen wird." Die Augen von Lars wurden immer grösser. Er fragte sich natürlich, ob Herr Dr. Öztürk wirklich mit ihm sprach, oder ob da noch jemand sei, denn er nur noch nicht gesehen hatte. Dr. Öztürk beobachtete die Reaktion von Lars, es freute ihn, dass Lars so reagierte. „Nein Herr Mühlberger, hier liegt wirklich kein Irrtum vor, ich meine tatsächlich sie. Wie ich sehen kann, so scheint es mir, da habe ich ihr Interesse geweckt, und so soll es ja auch sein!" Beide gingen einige Gänge entlang, sie mussten durch mehrere Türen hindurch, welche man nur öffnen konnte wenn man eine kleine Plastikkarte vor ein schwarzes Lesegerät hielt, da ging die jeweilige Tür, wie durch Geisterhand geführt, von ganz alleine auf. Nach wenigen Minuten standen sie in einer großen Halle, in der eine Unzahl von Gabelstapler, geschäftig hin und her fuhr. „Sind

sie schon einmal mit einem Gabelstapler gefahren, Herr Mühlberger?" Lars weiß gar nicht wie es ihm geschieht, was er hier zu sehen bekam, das hatte ihm irgendwie sehr gut gefallen. Das Ganze wirkte auf ihn wie ein großer Abenteuerspielplatz für Erwachsene. Und dann wurde er noch gefragt, ob er schon einmal eine solche herrliche Maschine gefahren sei, da gab er zur Antwort: „Herr Dr. Öztürk, nein ich bin noch nie mit einem Gabelstapler gefahren, aber wenn ich das hier sehe, so muss ich gestehen: Ich würde nur zu gerne so einer Maschine fahren."

„Das ist ganz prima, diese Einstellung gefällt mir, kommen sie bitte mit in den Nebenraum." Sie gingen durch eine weitere Tür, und dort stand ein etwas kleinerer Gabelstapler. Dr. Öztürk winkte einen Mitarbeiter herbei und bat diesen, dass er Lars kurz in die Bedienung einer solchen Maschine einweisen sollte. „Normalerweise ist es ja nicht erlaubt, aber ich gestatte es einmal, so dass sie mal eine Probefahrt machen dürfen." Da standen zwei Stapel mit leeren Holzpaletten, und Lars sollte diese zwei Stapel aufeinandersetzen. Dies tat er mit viel Freude und hatte diese kleine Aufgabe, nach zwei Fahrfehlern bald erledigt, die Hinterradlenkung machte ihn etwas zu schaffen. Er kam so einigermaßen mit den ganzen Hebel und Pedalen zurecht. Auch wenn es ihm vor lauter Aufregung den Schweiß auf die Stirn trieb, die kleinen Fahrfehler wurden von allen

Anwesenden großzügig übersehen. „Das war wirklich gut, Herr Mühlberger. Dafür dass sie dies zum ersten Mal gemacht haben. Ich kann nur sagen, das war wirklich sehr gut." Lars freute sich wie ein Schneekönig, denn dies hatte ihm wirklich viel Spaß gemacht, das würde er gern öfters tun. „Was ich noch sagen wollte, in ungefähr einem halben Jahr, wird die Stelle des Teamleiters frei. Ich könnte mir schon vorstellen, dass sie der richtige Mann dafür wären." Da wusste Lars wirklich nicht mehr was er sagen sollte. Hatte Dr. Öztürk nicht seine Bewerbung gelesen? Er konnte die Welt nicht mehr verstehen. Dr. Öztürk konnte sich schon denken, was in Lars vor sich ging. „Machen sie sich keine Gedanken, ich habe ihre Bewerbung gelesen, und ich kam zu dem Schluss: Diese Bewerbung ist mit einer gewissen Intelligenz geschrieben worden. Und genau das ist es, was wir hier brauchen. Wir brauchen Mitarbeiter die einen Hang zur Kreativität besitzen, Mitarbeiter die bereit sind sich in die Materie hineinzudenken. Wir sind da, in unserem Kreis, zu dem einzig richtigen Schluss gekommen: Sie sind genau der richtige Mann für uns."

Später wurde Lars mitgeteilt, wann er so in Etwa hier anfangen könne, und dass er in den ersten Wochen auch gleich den Führerschein für die Gabelstapler machen sollte.

Als Lars dann im Bus saß, der ihn wieder nach Hause brachte, da musste er feststellen, dass er schon lange nicht mehr so glücklich und zufrieden war. Er hatte eine Arbeitsstelle und er fand dies ganz toll. Noch vor wenigen Tagen hätte er jeden ausgelacht, der ihm das vorausgesagt hätte. Es fiel ihm ein was Tina da immer zu sagen pflegte: Der Mensch denkt und Gott lenkt.

4.)
Manche Ideen kommen beim fernsehen

Marius Mosfeld ist ein Mensch der so einiges, an Schicksalsschlägen, wegstecken kann. Er hatte in seinem Leben so viel schon versucht und ausprobiert, dabei hatte er unzählige Rückschläge einstecken müssen. Wie auch immer, Marius ließ sich nicht ganz so leicht unterkriegen. Mit wirklicher ehrlicher Arbeit, so war jedenfalls seine Meinung, da kommt ein Mensch doch nicht weiter. Man tut sich, führ wenig Geld, einen ganzen Monat lang abrackern, und das nur um es irgendwelchen Leuten in den Hals zu stecken. Ob dies jetzt der Vermieter ist, der seine überspannte Miete für die Wohnung regelmäßig erhalten möchte, oder ob dies nun der Lebensmittelladen gleich um die Ecke ist, der natürlich meint, er müsse mit einer gewissen Regelmäßigkeit sowie mit einer beispielloser Unverschämtheit, die Preise erhöhen. Weitere Beispiele für dunkle Löscher, worin das sauer verdiente Geld verschwindet, die gibt es nach Marius Meinung viel zu viele. Er hatte ja schon so manchen Versuch unternommen um diese Kreise, von Verdienst und regelmäßigen Ausgaben, zu durchbrechen. Erst wenn er wirklich viel Geld sein eigen nennen dürfte, erst dann hätte er diesen endlosen Kreis durchbrochen. Er könnte in einem Haus wohnen, welches genau seinen Vorstellungen entsprechen würde, ohne sich Sorgen machen zu müssen, wie er denn das alles jeden Monat aufs Neue stemmen sollte.

Marius Mosfeld ließ noch einmal alles an seinem geistigen Auge vorüberziehen, was er in der Vergangenheit so alles angestellt hatte, um an überdurchschnittlich viel Geld zu kommen. Er war nach wie vor der Meinung, dass er eigentlich immer sehr gute Ideen hätte, aber bei der Umsetzung seiner Einfälle kam es immer wieder zu unfreundlichen Zwischenfälle. Diese ungeplanten Störungen machten ihm die schönsten Pläne kaputt. Von seiner Seite her gesehen, so war Marius überzeugt, lag eigentlich niemals ein wirklicher Fehler vor. Diese unerfreulichen Zwischenfälle, die hatte er ja schließlich anderen Leuten zu verdanken, dafür konnte er ja wirklich nichts.

Manche Leute haben halt immer Pech, wenn sie zum Beispiel Grillen wollen, dass es dann ausgerechnet an genau diesem Tag regnete. Bei Marius sah es halt so aus, dass bei seinen Geldbeschaffungs-Aktionen immer irgendetwas dazwischen gekommen war, und dafür konnte er beim besten Willen doch nichts. Dies war halt Schicksal und dagegen war bis jetzt noch kein Kraut gewachsen. Marius brauchte etwas Entspannung, aus diesem Grund schaltete er den Fernseher an. Was da gerade gesendet wurde dies tat in nicht so wirklich interessieren, eine Programmzeitschrift besaß er nicht. Marius vertrat die Auffassung, dass er sein Geld lieber für sinnvollere Dinge ausgeben solle. Reportagen und Dokumentationen sah er sich nicht so gerne an. Er sprang mit der Fernbedienung von einem Programm zum nächsten. Es war für ihn so als ob sich die ganzen Sender untereinander abgesprochen hätten. Egal wohin er mit der Fernbedienung auch sprang, jeder Kanal brachte nur Sachen, die er in diesem Moment nicht sehen wollte. Er blieb dann doch bald bei einer Sendung hängen, in welcher Leute interviewt wurden. Normaler weise schaute er sich so etwas nicht an, aber irgendetwas sagte ihm, diese

Sendung wird noch recht interessant werden. Es dauerte auch nicht besonders lange da tauchte auch schon eine Familie auf dem Bildschirm, auf. Diese Familie sprach über ihr Leben, welches zum großen Teil in der ehemaligen DDR stattgefunden hatte. Es wurde dann auch recht bald von Flucht gesprochen. Von nun an stieg das Interesse von Marius schlagartig an. Die Familie berichtete, dass sie einige Wochen brauchte, von der Planung bis zur Vollendung der Flucht. Sie berichteten davon, dass sie nicht sehr weit von der Grenze, nach Westdeutschland, entfernt wohnten. Dann kamen sie auf die Idee, sich einen Tunnel in die Bundesrepublik zu graben. Marius war richtig gefesselt, von dem was die Leute da erzählten. Später als die Sendung schon lange zu Ende war, da beschäftigte ihn die Sache mit dem Tunnel noch immer. Auf einmal kam ihm die richtige Idee, er haute sich mit der flachen Hand an die Stirn und rief lauthals durch das Zimmer: „Das ist es, warum bin ich nicht von selbst darauf gekommen? Wenn man durch einen selbstgegrabenen Tunnel von einem Staat zu einem anderen Staat gelangen kann, dann muss es auch möglich sein, dass man von einem Keller zu einem anderen Keller gehen kann." Marius dachte dabei an die Bank, die er vor einiger Zeit ausrauben wollte. Er überlegte sich, dass es doch möglich sein müsste, dass er durch einen unterirdischen Tunnel in den Keller der Bank gelangen könnte. Er müsste sich nur noch einmal die Gegend ganz genau ansehen, vielleicht würde ihm dann schon die richtige Idee dazu einfallen. Er stellte sich selbst eine Frage: „Haben die Banken nicht immer ihr ganzes Geld im Keller gelagert?" Er meinte sich erinnern zu können, dass er das einmal in einem Kriminalfilm gesehen habe. Da ging es auch um eine Bank, und diese hatte, wie es sich bei einem Banküberfall herausstellte, das ganze Geld im Keller gelagert. Er meinte, dass Kriminalfilme immer irgendwie ein Stück Wahrheit beinhalten. Der einzige Nachteil war, in dem Kriminalfilm den Marius gesehen hatte, dass die Bande nicht ohne Geiselnahme in den Keller gelangen konnte. Das war eine Sache die er natürlich nicht wollte, aber wenn er sich einen Tunnel zur Bank graben würde, dann könnte er auch genau den Zeitpunkt bestimmen, wann er den Keller der Bank betreten würde. Natürlich musste er wirklich eine Zeit auswählen, die nach dem Feierabend der Bankmitarbeiter oder auch am Wochenende lag, wo sowieso kein Mensch in der Bank sei. Den ganz genauen Zeitpunkt wolle er dann aussuchen, wenn er soweit wäre. Zuerst mussten noch so viele Vorarbeiten geleistet werden. Er traute sich durchaus zu, dass er einen Tunnel graben könnte. Marius hatte früher, als er noch auf dem Bau gearbeitet hatte, genug Löcher in die Erde gegraben. Er überdachte alle seine Möglichkeiten und kam zu dem Schluss, dass er erst einmal eine Nacht darüber schlafen müsste und dann würde sich schon alles finden. Er sagte sich: Wo ein Wille wäre, da sei auch der richtige Weg nicht weit weg.

5.)
Wie kann flüssig trocken sein?

Als Lars nach Hause kam, da fühlte er sich sehr gut, er spürte ein sehr angenehmes Glücksgefühl in sich. Er wusste nicht so genau woher denn dieses Glücksgefühl kam. Normalerweise, so meinte Lars, müsste er eigentlich ein ganz anderes Gefühl in sich tragen. Heute ist ihm doch genau dies widerfahren, was er persönlich immer wieder abgelehnt habe. Er hatte sich doch bis zum heutigen Tag immer sehr viel Mühe gegeben, damit ja keiner auf die Idee kommen konnte, ihn in seinem Betrieb einzustellen. Lars wusste ganz genau, dass sich heutzutage immer sehr viele Bewerber auf eine freie Stelle melden, und genau aus diesem Grund war es für ihn nie ein besonderes Problem gewesen, sich so darzustellen, dass wirklich kein Personalchef große Lust verspürte ihn einzustellen. Lars trieb dieses Spiel jetzt schon seit vielen Jahren auf diese Weise. Unglücklich war er mit dieser Situation niemals gewesen, er hatte ja schließlich alles was er zum Leben brauchte, das genügte ihm voll und ganz, er neigte sogar dazu sich als ein bescheidener Mensch zu bezeichnen. Tina, seine Freundin und Lebensgefährtin, die versuchte ihn immer wieder davon zu überzeugen, dass man doch für sich selbst verantwortlich ist. Sie selbst arbeitete zwar nur knapp für 400€, und sie fand auch keine andere Stelle, denn alle wollen heute nur noch billige Arbeitskräfte einstellen, dies war zumindest die Erfahrung die Tina immer wieder gemacht hatte. Sie ließ sich aber dennoch nicht unterkriegen, sie schrieb jeden Monat mehrere Bewerbungen, und irgendwann musste sie ja auch einmal Glück haben.

Lars überlegte sich, wie er wohl Tina eine Freude bereiten könnte. Er verließ dann bald noch einmal das Haus, er wollte zumindest eine Flasche Sekt besorgen, um mit seiner Freundin zu feiern, denn schließlich hatte er die Stelle bei der SHA.AG. so gut wie sicher in der Tasche. Tina wird ganz bestimmt stolz auf ihn sein. Vielleicht könnten sie an diesem Abend auch noch ausgehen. So eine Sache sollte doch gebührend gefeiert werden. Als er im Supermarkt angekommen war und das Regal mit den Spirituosen gefunden hatte, da fühlte er sich ein wenig überfordert. Lars, der sich in Wein und Sekt mal überhaupt nicht auskannte, war erstaunt wie viele Sorten Sekt dort standen. Er fragte sich, wie er wohl einen guten Sekt von einem schlechten unterscheiden könnte.

Nachdem er das ganze Angebot gesichtet hatte kam er zu dem Schluss, dass er einfach den Teuersten nehmen sollte. Er konnte auch mit Begriffen wie zum Beispiel -Trocken- nichts anfangen. Er meinte ja. Dass Sekt doch eine Flüssigkeit sei, und es wäre doch physikalisch unmöglich, dass ein flüssiger Stoff so trocken wie Staub sein könnte.

Wieder zuhause angekommen, stellte Lars die Flasche Sekt in den Kühlschrank, er freute sich schon auf das Gesicht, welches Tina machen wird wenn er ihr bei einem Glas Sekt erzählen würde, wie erfolgreich sein Vormittag verlaufen sei. Er merkte überhaupt nicht wie schnell die Zeit verging, er wollte Tina mit einem kleinen Sektempfang überraschen. Lars überlegte sich ob es nicht besser wäre, wenn er zu dem Sekt noch irgendetwas servieren täte. Er versuchte sich in Erinnerung zu rufen, was denn andere Leute so zum Sekt dazu reichen. Ihm fiel ein, dass er einmal mitbekommen hatte, dass da jemand, aus seinem Bekanntenkreis, zu einem runden Geburtstag, Sekt und Scheiben von französischem Weißbrot, welches mit Lachs belegt war, angeboten hatte. Lars schaute sich den Inhalt seines Kühlschrankes an, aber Lachs fand er darin natürlich keinen, er fand dafür eine kleine Packung mit Kräuterfrischkäse, und als nächstes fand er ein Päckchen mit Vollkornbrot. Lars überlegte kurz und kam zu dem Ergebnis, dieses wäre doch mehr als nichts. Also nahm er die Sachen und bastelte Schnittchen die er auf einem Teller hübsch abrichtete. Er hatte gerade das letzte Stück Brot auf den Teller gelegt, da erklang auch schon die Türklingel. Das könne nur Tina sein, dachte sich Lars. Er ging zur Tür, öffnete sie und drückte gleichzeitig den Summer, unten ging die Eingangstür zum Treppenhaus auf. Da erschallte schon die Stimme von Tina an sein Ohr. „Ich dachte mir, dass du schon zuhause sein müsstest. Ich bin ja schon so neugierig, hat denn alles geklappt?"

Lars stand halb im Treppenhaus und grinste wie ein Honigkuchenpferd. „Was denkst du denn? Wenn ich etwas anfasse, dann wird das auch klappen." Tina kam freudenstrahlend in die Wohnung stolziert. Lars wollte erst einmal mit ihr ein Gläschen Sekt trinken. Erholte die Flasche aus dem Kühlschrank, machte sie sehr umständlich auf. Er hatte den Sinn von dem Draht, welcher den Korken umspannte, nicht so recht erfassen können. Mit einem lauten Knall war dann doch bald die Flasche auf. Und genau in diesem Moment fiel Lars auf was ihm noch fehlte, er hatte nämlich keine Sektgläser, da nahm er einfach zwei Gläser aus dem Küchenschrank, es waren Gläser die ursprünglich einmal mit Senf gefüllt waren, und jetzt als Trinkgläser dienten. „So, die müssen es jetzt auch einmal tun!", sagte er und füllte beide Gläser mit der Perlenden

Flüssigkeit. Sie setzten sich an den Küchentisch, sie lächelte ihn an und meinte: „Nun mach es doch nicht so spannend. Sag doch, wie war es? Hattest du Erfolg gehabt? Was haben die gesagt? Wann kannst du dort anfangen? Ich habe so viele Fragen, komm spann mich nicht so auf die Folter."

„Jetzt trinken wir erst einmal einen Schluck Sekt, dann essen wir ein Schnittchen und dann kann ich dir alles ganz genau erzählen." Sie prosteten sich zu und nahmen einen vorsichtigen Schluck von dem Sekt. Genau in diesem Moment wusste Lars, was das Wort –trocken- auf dem Etikett bedeutete. Für ihn bedeutete trocken nichts anderes als sauer. Sehr begeistert war er von diesem Getränk nicht, aber Tina schmeckte er sehr gut. Sie hielt es jetzt vor lauter Neugier kaum noch aus. Lars berichtete ihr alles haargenau. Tina verschlang seine Worte förmlich, sie stellte auch hin und wieder eine Zwischenfrage. Er sprach nun davon, dass er heute zum ersten Mal einen Gabelstapler gefahren sei. „Stell dir vor, ich auf der Maschine, eine Menge von Hebel vor mir. Ich hatte natürlich keine Ahnung davon, welche Funktion die Dinger haben. Irgendwie hatte ich Glück und habe sofort den richtigen Hebel erwischt, mit dem man die Gabel hoch und runter fahren kann. Was man mit dem anderen Hebel alles tun kann, weiß ich immer noch nicht. Erschrocken bin ich dann, als ich mit Entsetzen feststellen musste, dass so ein Gabelstapler die Lenkung an der Hinterachse hat. Zuerst ist das Ding in die falsche Richtung gefahren. Ich habe mir natürlich nichts anmerken lassen. Bestimmt sah es für die Anderen so aus, als ob ich mein Ziel mit einem großen Bogen anfahren wollte. Zum Schluss bin ich dann von allen gelobt worden." Lars berichtete dann weiter, dass ihm gesagt wurde, es werde in absehbarer Zeit der Posten eines Teamleiters frei, und er käme durchaus für diesen Job in Frage. Tina war von all dem, was Lars zu berichten hatte, sehr begeistert. Sie war der Meinung, dies müssten sie ganz groß feiern. Sie beschlossen auch sogleich, dass sie an diesem Abend in eine Pizzeria gehen sollten.

In der Pizzeria trafen sie auf einen alten Kumpel von Lars, und dieser Kumpel war niemand anderes als Marius Mosfeld. Die Kumpels hatten sich schon seit einer halben Ewigkeit nicht mehr gesehen und es gab sehr viel zu erzählen, hauptsächlich wurden alte Erinnerungen aufgefrischt. Tina staunte nicht schlecht was die zwei Herren angeblich schon so alles erlebt hatten. Sie hatte bis zu diesem Zeitpunkt nicht gewusst, dass Lars einen Kumpel namens Marius habe. An diesen Abend wurde noch so manche Flasche Rotwein geöffnet, dies hatte zu Folge, dass Lars, in dieser Nacht, wie ein Toter schlief.

Er schreckte aus dem Tiefschlaf auf und hatte nicht die geringste Ahnung davon, was den los sei. Hätte man ihm gesagt, dass ein Pferd ihn getreten hätte, er hätte es wohl geglaubt. So ganz langsam, aber noch nicht so richtig wirklich, drang die Stimme seiner Lebensgefährtin in sein Gehirn vor, welches noch mit dem Rotwein des vergangenen Abends zu kämpfen hatte. „Aufstehen du alter Faulpelz!" Lars hörte zwar auf der einen Seite diese Worte, aber den wirklichen Sinn dieser Aussage konnte er in diesem Moment noch nicht so ganz richtig erfassen. Er versuchte sich zu besinnen, wer was und vor allem wo er war. Er forschte in dem Umfang, der ihm seinen momentanen Zustand erlaubte, warum er gerade jetzt aufstehen sollte. Er erinnerte sich, dass er gestern Marius getroffen hatte, und es wurde auch etwas später, aber dies war ihm gestern egal gewesen, weil er für heute keine Termine vorgesehen hatte. Sein Blick fiel, mehr oder weniger zufällig, auf den Radiowecker. Das Display sagte ihm, dass es wenige Minuten vor sechs Uhr am Morgen war. „Auf, auf, du alter Faulpelz, raus aus den Federn. Du willst doch nicht schon wieder den ganzen Tag verschlafen?" Lars konnte keine Worte finden, in diesem Moment. Er wusste nur, dass dies bestimmt nicht seine Lieblingszeit war, wo er gerne aufgestanden wäre. Er machte ein Gesicht, welches eindeutig widerspiegelte, dass er mit dem Ablauf der momentanen Dinge total überfordert war. „Der Frühstückstisch ist gedeckt, und der Kaffee ist auch schon durch die Maschine gelaufen. Also raus aus dem Bett, die faulen Zeiten sind für dich nur noch Vergangenheit. Ab heute beginnt eine ganz neue Zeitrechnung!" Nach Lars Vorstellung, gab es für ihn wirklich nichts ungesünderes, als so früh am Morgen aufzustehen. Seine ersten Worte die er fand, waren folgende: „Sag mal, spinnst du jetzt total. Hast du zufälliger Weise einmal auf die Uhr geschaut. Um diese Zeit steht doch kein normaler Mensch auf, und völlig Grundlos schon mal gar nicht!"

„Was heißt denn hier Grundlos, du stehst jetzt auf, weil du dies trainieren musst. Wenn dein neues Arbeitsverhältnis anfängt, dann kannst du auch nicht zu spät, oder total verpennt in der Firma erscheinen. Also keine Widerrede mehr und raus aus der Kiste." Lars beugte sich der Gewalt, er hatte im Moment und in seinem Zustand, keine Argumente zur Hand, mit denen er gegen Tina angekommen wäre. Er stand also auf und schleppte sich zum Frühstückstisch. Die ganze Begeisterung, die er gestern an den Tag legte, war mit einem Schlag verschwunden. Er konnte, und er wollte sich nicht an den Gedanken gewöhnen, dass er in Zukunft täglich um diese Zeit sein schönes Bett verlassen sollte. Tina sah die Sache aber ganz anders, sie meinte: Na, siehst du, das ging doch besser, als wie du das selbst für möglich gehalten hast."

„Ich glaube das schaffe ich nicht, " jammerte Lars „jeden Morgen um diese Zeit aufzustehen, das hält ja der stärkste Mann nicht aus. Mir kannst du erzählen was du willst, aber gesund kann dies niemals sein."

„Ach du erzählst am frühen Morgen so einen Quatsch. Wenn du dich erst einmal daran gewöhnt hast, dann willst du morgens gar nicht mehr länger im Bett bleiben. Jetzt trink erst einmal eine Tasse Kaffee, dann sieht die Welt schon wieder viel besser aus. Ich habe den Kaffee auch extra stark gemacht, damit du auch gleich munter wirst, und das Verlangen bekommst Heldentaten zu vollbringen."

Was Lars nun durch den, noch immer nicht ganz so munteren, Kopf ging, davon wollte er Tina lieber nichts erzählen. Sie hätte ihn nur mit tausend Argumenten überschüttet und da wäre er um diese Tageszeit nicht dagegen angekommen. Er trank da lieber ganz brav seinen Kaffee und aß zwei Scheiben Toastbrot, die er reichlich mit Frischkäse belegte. Lars gab es wirklich ungern zu, aber er fühlte sich nach der zweiten Tasse Kaffee wirklich wie neu geboren. Eine Weile später, nach dem Frühstück, überlegte er sich, wie viele Wochen Urlaub ihm wohl im Jahr zustehen würden, er hatte bei seinem

Vorstellungsgespräch gar nicht danach gefragt, denn da waren so viele Dinge gewesen die erst einmal in den Vordergrund gerückt waren. Es fiel im dann auch noch ein, dass sich viele seiner Bekannten, mehrmals im Jahr krankschreiben ließen, obwohl sie eigentlich nicht wirklich krank waren. Das waren so die Gedanken die Lars, etwas aufmunterten. Er war halt in den letzten Jahren das faule Leben gewöhnt. Und sich jetzt daran zu gewöhnen, dass er in Zukunft alleine die Verantwortung für sich selbst übernehmen müsste. Dies war ein Prozess der erst in ihm wachsen musste. Er war sich sicher, dass Tina schon dafür sorgen würde, sie würde ihn schon rechtzeitig auf die Arbeit schicken, da verstand sie keinen Spass. Krankspielen, das würde sie niemals mitmachen. Lars wurde die Sache immer klarer, das faule Leben, das neigte sich gerade dem Ende zu.

6.)

Es kann kein wirklicher Schaden entstehen

Drei Tage später hatte Marius keine Ruhe mehr, denn er wollte jetzt endlich einmal Nägel mit Köpfen machen. Sein Traum war es, einmal zu den ganz Reichen im Lande gehören. Er meinte halt: So ganz legal werden die Superreichen auch nicht immer an ihr Geld gekommen sein. Er wurde in seiner Meinung immer mehr bestätigt, weil dann im Radio und auch im Fernsehen davon berichtet wurde, dass immer mehr Personen eine Selbstanzeige beim Finanzamt gemacht haben, um auf diese Weise ganz und gar Straffrei zu bleiben. In den Medien wurde als, vom Finanzministerium gekauften, Steuersünder-CDs berichtet. Da dachte sich Marius erst recht: Wenn aus Unrecht ganz automatisch Recht wird, nur weil man eine Selbstanzeige macht, wenn einem der Boden unter den Füssen zu heiß wird. Die Medien erzählten davon, dass der Straffrei ausgeht, der sich selbst anzeigen tut. Marius dachte sich: Wenn das wirklich so ist, ja dann muss man sich dieses legale Hintertürchen nur gut merken, um eventuell davon Gebrauch zu machen. Die Großen im Land, die sollten dem Kleinen doch irgendwie als Vorbilder dienen. Er meinte, durch diese Berichterstattung habe er seine Vorbilder endlich gefunden.

Marius war der Auffassung, dass kein wirklicher Schaden entstehen würde, wenn, er eine Bank um ihre Einlagen erleichterte, denn die Banken wären doch für solche Fälle gut vorbereitet. Sie wären doch alle versichert, und so wäre das Geld schneller wieder aufgefüllt, als wie man es entwenden könne. Marius hatte sich mit solchen Überlegungen sehr bald ein gutes Gewissen eingeredet. Er war sogar zu dem Schluss gelangt, dass unter dem Strich doch für alle Beteiligte nur

Positives dabei herauskäme. Er war sogar davon Überzeugt, dass er noch so ganz nebenbei, für sicher Arbeitsplätze sorgen würde, und deswegen sah er es als seine soziale Pflicht an, seinen Plan in die Tat umzusetzen. Er war nämlich davon überzeugt, dass eine Versicherung, die wenige oder gar keine Versicherungsfälle bearbeiten müsste, einen großen Teil ihrer Mitarbeiter, nicht auf Dauer behalten würde. Das wäre ein Personalabbau, den er verschuldet hätte. Und genauso sähe es doch auch bei den Behörden aus. Ohne Einbrüche und ähnliche Delikte, bräuchte der Staat nicht sehr viele Polizeibeamten. Nach diesen abwiegen der Dinge, war Marius sich sicher, dass für ihn eine moralische Verpflichtung dazu bestand. Es blieb ihm, nach seiner neusten Erkenntnis, gar keine andere Wahl, er musste eine Bank ausrauben. Er fühlte sich wie moderner Held. Marius machte sich also auf, er wollte zuerst einmal die Örtlichkeiten um die Bank herum prüfen. Dazu wollte er sich als ein Wanderer tarnen. Er hatte noch einen alten Rucksack und einen alten Wanderstock. Eine kleine Digitalkamera hatte er auch noch, er hatte sie vor ein paar Jahren einmal geschenkt bekommen. Er dachte sich, dass sich wohl niemand etwas groß dabei denken würde, wenn ein Wandersmann ein paar Fotos schießen täte. Er kramte die Sachen zusammen. Wenige Minuten später war Marius, als Wanderer verkleidet, auf dem Weg zu der von ihm schon einmal besuchten Bankfiliale.

Als er dann später in der Alten Ochsengasse ankam, da fühlte er sich irgendwie beobachtet. Alte Ochsengasse, so hieß die Straße, an der die Bankfiliale lag, für die sich Marius interessierte. Er fühlte sich, er wusste auch nicht genau warum, ein wenig doof. So als Wandersmann verkleidet, fühlt er sich nicht wirklich wohl. Es ist halt so: Wenn man den Leuten etwas vorspielen möchte, sich selbst aber, die Rolle die man spielt, nicht so wirklich abnimmt, dann hat man es natürlich besonders schwer damit, andere Leute von der gespielten Figur zu überzeugen. Und so kam es, dass Marius ordentlich ins Schwitzen kam. Er blieb ein paar Meter vor der Bank stehen, und packte auf sehr umständliche Weise seinen Fotoapparat aus dem Rucksack. Er fluchte leise vor sich hin, weil nämlich genau in diesem Moment der Reisverschluss an der Außentasche klemmte. Nach mehreren Versuchen, ging dann der Reisverschluss doch endlich auf. Marius blickte sich vorsichtig um, er hatte das Gefühl, dass hinter jedem Fenster jemand stand und genau beobachten würde, was denn der fremde Wandersmann auf der Straße so merkwürdiges machte. In Wirklichkeit, hatte natürlich kein einziger Mensch Interesse, an Marius oder seiner Tätigkeiten gezeigt. In der heutigen Zeit gibt es so viele ungewöhnliche Menschen auf der Welt, und einige von diesen Personen verirrten sich doch auch, hin und wieder, in die Alten Ochsengasse. Die Leute hatten hier schon viel Ungewöhnlicheres gesehen, als diesen unauffälligen Wandersmann. Marius machte seine Fotos, er arbeitete sich so ganz langsam zu dem Haus vor, in dem die Bankfiliale beheimatet war. Er machte viele Fotos von der Bank, von allen möglichen Seiten schoss er Bilder. Danach stellte er sich vor die Bank und machte nun Aufnahmen von den ganzen Gebäuden, die rings um die Bank standen. Ein Haus fiel ihm da besonders auf. Auf der anderen Straßenseite, genau gegenüber der Bank stand ein Gebäude, das ihn nun ins Auge fiel. Der Garten war total verwildert, der kleine Vorgarten glich eher einem Dschungel als einen gepflegten Garten. Die Nachbarhäuser hatten alles schön hergerichtet, mit Blumen und Sträucher. Aber bei dem betreffendem Haus waren auch noch zusätzlich alle Rollläden heruntergelassen. Marius konnte gar nicht anders, er schoss eine ganze Serie von Bildern. Er wusste noch nicht genau wie, aber dieses Haus schien ihm einfach in sein Vorhaben zu passen. Die Fotografiererei von diesem Gebäude erweckte dann doch die Aufmerksamkeit einer Frau, die im rechten Nachbarhaus wohnte. Frau Saalfeld die zufällig aus dem Fenster geschaut hatte, entdeckte Marius vor dem Nachbarhaus. Sie dachte sich: Es hatte sich schon lange keiner mehr für das Haus hier nebenan interessiert. Sie meinte, dies könnte jemand sein, der vielleicht Aufnahmen im Auftrag eines Maklerbüros machte. Sie wollte darüber einfach mehr in Erfahrung bringen, also schnappte sie sich den Besen und ging vor das Haus, sie tat so als wolle sie den Gehweg kehren, da musste sie ganz bestimmt und total ungezwungen mit dem Fremden ins Gespräch kommen. Wenige Sekunden später stand Frau Saalfeld mit einem Besen bewaffnet auf der Straße. „Das ist eigentlich ein sehr schönes Haus, mein Herr." Marius der die fremde Frau erst jetzt bemerkte, fühlte sich ertappt, er zuckte ein wenig zusammen, er wollte schon wieder die Flucht ergreifen. „Sie machen doch bestimmt Aufnahmen im Auftrag eines Maklers? Das Haus steht jetzt schon so lange leer, sie sehen es ja selbst wie das Grundstück aussieht, der reinste Urwald. Mir blutet jedes Mal das Herz wenn ich das sehe." Marius der nicht wusste wie er sich verhalten sollte, brachte nur ein halb deutliches, „Steht das Haus schon lange leer?", heraus.

„Ach wissen sie, guter Mann, hier hatte immer die Frau Kühn gewohnt, eine so nette Frau. Aber leider ist sie im letzten Jahr gestorben. Nah ja, Neunzig ist ja auch kein Alter wo man sich beschweren könnte. Aber dann ging alles sehr schnell, sie ist ins Krankenhaus gekommen, und kaum eine Woche später haben wir sie bei ihren letzten Weg, auf den Friedhof begleitet. Die

Trauerfeier hatte unser Diakon gehalten. Ich kann ihnen sagen, der Diakon hatte so schön gepredigt, mir sind nur so die Tränen geflossen. Das kenne ich sonst überhaupt nicht von mir, aber den anderen Trauergästen erging es auch nicht besser."

„Und seit dem steht das schöne Haus leer?", fragte Marius.

„Leider ja. Soviel ich weiß, hatte Frau Kühn keinen direkten Erben, und so ist jetzt eine Erbengemeinschaft hier zuständig. Jeder von denen, hat eine andere Idee, was nun mit dem Haus geschehen soll, aber wirklich einig sind sie sich nicht."

„Das ist wirklich schade, ich würde mir das gerne mal von der anderen Seite ansehen." Frau Saalfeld meinte, dass dies kein Problem wäre, sie hätte vor Jahren den Hausschlüssel von Frau Kühn anvertraut bekommen, damit sie immer mal nach dem Rechten sehen konnte. Sie holte den Schlüssel und öffnete alle Türen, von Haus und Garten. So konnte sich Marius das Haus von innen und außen ansehen. Ihm fiel dann eine List ein. Er hatte sich schon in das Vertrauen von Frau Saalfeld eingeschlichen, er sagte zu ihr: „ Liebe Frau, sie haben schon recht, dass ich im Auftrag von einem Makler unterwegs bin, aber ich soll nicht nur Fotos machen. Ich besitze eine kleine Baufirma. Der Makler hatte zu mir gesagt, ich solle mir hier alles gut ansehen, und wenn es etwas zu reparieren oder renovieren gäbe, dann solle ich ihm einen guten Preis nennen, dann würde ich den Auftrag mit Sicherheit bekommen."

„Das hört sich doch ganz toll an.", sagte Frau Saalfeld. „Wissen sie was? Ich gebe ihnen gleich den Schlüssel für das Haus, da können sie jederzeit rein und raus, ohne dass sie jemand groß fragen müssen." Marius bedankte sich ganz herzlich und meinte, dass sich das Haus viel besser verkaufen würde, wenn innerlich große Umbauarbeiten durchgeführt würden, wie zum Beispiel einige Wände zu versetzen. Er meint, wenn überhaupt, dann müsse er im Keller anfangen. Er würde prüfen ob man unter dem Haus eine Tiefgarage bauen könnte. Sie sollte sich nicht wundern, wenn in nächster Zeit, sich hier Bauarbeiter herumtreiben würden. Frau Saalfeld war glücklich darüber, dass sie dem netten Mann weiter helfen konnte. Nachdem sich Marius verabschiedet hatte, lief er schnell nach Hause. Jetzt stand seinem Werk nichts mehr im Weg, er brauchte nur zwei oder drei Leute, die ihm bei seinem Projekt helfen sollten.

Als Marius zu Hause ankam, da musst er das eben erlebte erst einmal sacken lassen. Er wunderte sich selbst darüber wie gut doch alles geklappt hatte. Auch über die Frau aus dem Nachbarhaus war er sehr erstaunt gewesen. Er hatte bevor er weggegangen war auf das Namenschild an der Haustür geschaut, hinter der die Dame wieder verschwand. Bei der Frau, die ihn ohne wirkliche Aufforderung, alles über das leerstehende Haus erzählte und ihn, zu seinem Erstaunen auch noch den Hausschlüssel gegeben hatte, da konnte es sich nur um die Frau Saalfeld handeln, weitere Namen standen dort nicht an der Tür. Er war gut damit beraten, wenn er sich diesen Namen merken täte, denn bei der nächsten Begegnung mit dieser Frau, welche wohl nicht ausbleiben würde. da wäre es schon gut und hilfreich wenn er sie mit ihren Namen ansprechen könnte. So etwas kommt bei den meisten Leuten immer recht gut an. Man weiß auch nicht so ganz genau in wie weit man die Hilfe von Frau Saalfeld noch einmal in Anspruch nehmen müsste. Doch zuerst wollte Marius zum nahegelegen Drogeriemarkt gehen, denn dort konnte er für wenig Geld und auch in wenigen Minuten, die Bilder welche er aufgenommen hatte, auf Papier ziehen lassen. Er dachte sich, dass er erst einen endgültigen Plan aufstellen wollte, wenn er die Bilder vor sich liegen hätte, denn da könnte in aller Ruhe überlegen, was genau zu tun wäre. Es dauerte nicht einmal eine Stunde, und da war Marius auch schon wieder zurück. Er hatte sich aus dem Supermarkt, der auf seinem Weg lag, ein paar Büchsen Bier mitgebracht. Denn er war der Meinung, dass so ein Erfolg kräftig gefeiert werden müsste. Marius breitete die Bilder auf dem Tisch aus, der in dem Raum stand, welcher ihm als Schlafzimmer sowie auch als Wohnzimmer diente. „In Kürze werde ich in einem Palast wohnen und statt billigen Bier werde ich teuren Markensekt trinken.", sagte er zu sich selbst. Er hatte sich die Fotografien in einer bestimmten Reihenfolge, vor sich auf den Tisch sortiert. Er machte sich schon seine ersten Gedanken darüber, wie das ganze Unternehmen ablaufen sollte, aber heute würde er nicht mehr arbeiten. Er gab sich eine ganz strenge Arbeitsanweisung, dass er heute nur noch feien dürfte. Er legte in den CD-Spieler seine Lieblingsscheibe ein, drehte die Lautstärke auf sehr laut, und seine –Ein Mann Party- begann. Seine Nachbarn waren es schon gewohnt, dass aus seiner Wohnung kommend und von dort unüberhörbar durch das ganze Haus ziehend, laute Musik waberte. Bei manchen Liedtiteln sang er lauthals mit. Als dann, nach einiger Zeit, sein Biervorrat aufgebraucht war, schlief er bald ein. Dazu brauchte er keine weiten Wege zurückzulegen, weil sein Sofa ihm auch gleich als Bett diente, welches in den seltensten Fällen gemacht war. Er saß fast immer auf seinem Bettzeug. So auch diesmal, er ließ sich einfach nach der Seite umfallen. Er nannte dies, einen modernen und zugleich flexiblen Wohnbereich.

Als Marius am nächsten Morgen erwachte, er hatte wie schon so oft in seinen Klamotten geschlafen, da wusste er im ersten Moment überhaupt nicht was los war. Dann kam so ganz langsam die Erinnerung zurück. Es fiel ihm wieder ein, dass ihn die Frau Saalfeld so bereitwillig bei seinen Untersuchungen unterstützt hatte. Er dachte sich: Wenn die Frau wüsste was ich wirklich vorhabe, dann wäre sie niemals so freundlich zu mir gewesen. Marius konnte sich auch nicht erklären, wie ihn die gute Frau mit einem Makler in Verbindung bringen konnte. Anscheinend hatte sie seine Verkleidung anders gedeutet als wie er es sich gewünscht, oder gedacht hatte. Aber dennoch war doch alles prima für ihn gelaufen. Er fragte sich, wie spät es wohl sei? Die Uhr die an der Wand hing, die ging leider seit ein paar Wochen nicht mehr, da musste wohl die Batterie leer sein. Dann vernahm er entfernt, dass eine Kirchenglocke zehnmal schlug. Marius meinte, dass es doch noch recht früh am Tage wäre, aber wollte dennoch jetzt aufstehen, denn er hatte sich etwas Arbeit für den heutigen Tag vorgenommen. Die Aktion mit der Bank, die konnte er leider nicht alleine durchführen, dazu brauchte er noch zwei Leute dazu, besser wären natürlich drei. Marius hatte sich schon Gedanken darüber gemacht, wer denn dafür geeignet wäre, es fielen drei Namen ein. Da war einmal Dennis, der Dennis Hartmann, mit dem konnte man so ein Ding drehen, denn Dennis hatte nie eine feste Arbeit, der schlug sich immer irgendwie erfolgreich durch. Zum anderen fiel Marius der Name von Joachim Keller ein. Jo, so nannten ihn seine Freunde, hatte auch sehr selten eine feste Anstellung. Wie er ihn das letzte Mal getroffen hatte, da jobbte er bei einer Landschaftsgärtnerei als sogenannter Geringbeschäftigter, auf 400€ Basis. Davon konnte ein Mann auch nicht wirklich leben. Der Jo würde sich bestimmt über einen warmen Geldregen sehr freuen. Als dritten Namen fiel Marius der Name von Lars ein. Hatte er nicht vor Kurzen den Lars Mühlberger mit seiner Freundin getroffen? Der Lars war ja eigentlich ein arbeitsscheuer Mensch. Marius dachte sich, wenn er Lars etwas von den Millionen erzähle, die sie aus dem Keller der Bank holen wollten, dann wird selbst ein Lars Mühlberger zu einem Arbeitstier. Wenn Marius auch normaler Weise kein ordentlicher Mensch war, aber die Telefonnummern von wichtigen Leuten, die hatte er immer im Telefonbuch seines Festanschlusses abgespeichert. Marius sprang von seiner Schlafstätte auf und rief laut: „Ich brauche eine Mannschaft, es wird zeit dass ich ein paar Herren aus ihren Dornröschenschlaf wecke." Jetzt suchte Marius nur noch nach dem Mobilteil, seines Telefons. Auf der Station lag es natürlich nicht, das wäre jetzt auch viel zu einfach gewesen, aber nach wenigen Minuten hatte er gefunden wonach er gesucht hatte.

Einen kurzen Augenblick später, hatte Marius, Dennis Hartmann am Telefon. Nach einer größeren Begrüßung, denn die Zwei hatten sich schon eine Weile nicht mehr gesehen, da versuchte Marius so ganz langsam aber auch sehr vorsichtig auf das Thema zu kommen. Er wollte die möglichen Mitglieder seiner neuen Mannschaft nicht gleich vergraulen. So ein Einbruch in den Keller einer Bank, den muss man den Leuten erst schmackhaft machen. Marius erkundigte sich nach dem werten Befinden von Dennis, er erfuhr, dass es Dennis im Moment nicht allzu gut ging. Die Schulden wären ihm schon lange über den Kopf gewachsen, mit der Miete seiner Wohnung läge er auch ein wenig zurück. Er rechnete damit, dass ihm bald die Kündigung zugestellt würde. Marius der wusste, dass Dennis geschieden war, und dass er aus dieser Ehe zwei Kinder hatte, fragte wie es denn so mit den Kindern liefe. Dennis meinte, er traute sich schon fast nicht mehr dort hin, den er lag auch mit den Unterhaltszahlungen etwas zurück. Was aber für ihn das Schlimmste wäre, er hätte dieses Jahr gar nichts zum Geburtstag seiner Kinder besorgen können. „Du kannst dir doch gut vorstellen, Marius, ich kann doch dort nicht mit einem Geschenk für zwei Euro auftauchen. Meine Ex würde mich achtkantig rausschmeißen.", sagte Dennis. Marius meinte, dass das Telefonat nun einen günstigen Verlauf nahm, er könnte jetzt so langsam die Karten auf den Tisch legen. „Hör mal zu Dennis", meinte Marius, „ ich bin da an einer Sache dran, und wenn die klappt, dann habe ich für eine Weile ausgesorgt. Ich könnte da noch zwei oder drei Mann gut gebrauchen. Wäre das etwas für dich?" Dennis zeigte sofort großes Interesse. Marius machte nur so ein paar Andeutungen. Er sprach von wenigen Tagen harter Arbeit, welche dann von einem warmen Geldregen belohnt würden. Dennis war bereit alles zu tun, um seine momentane Situation zu verbessern. Marius sagte, „Also gut, dann bist du morgen Nachmittag, so gegen 17:00 Uhr bei mir. Ich denke dass ich den Rest der Mannschaft noch heute zusammenbekomme. Sollte sich aber etwas ändern, dann melde ich mich bei dir noch einmal. Hörst du aber nichts mehr von mir, dann bist du morgen um 17:00 Uhr hier bei mir." Dennis war sehr zufrieden, er bestätigte, dass er dann Pünktlich bei ihm erscheinen würde. Marius war froh, dass er den Ersten seiner Mannschaft sicher hatte. Er dachte sich: Wenn das so weitergeht, dann habe ich noch vor dem Mittagessen die Truppe beisammen.

Piep – piep – piep, und schon wieder wählte das Telefon von Marius eine Nummer, nachdem er in dem eingebauten Telefonbuch, den Namen von Joachim Keller angeklickt hatte. Auch diesmal dauerte es nicht sehr lange, bis sich jemand in der Leitung meldete. Es kann maximal zweimal geklingelt haben, da hörte Marius auch schon wie sich sein Kumpel meldete. „Ja, hallo." Als Joachim merkte, dass sein alter Kumpel Marius am anderen Ende der Leitung war, da war er doch sehr erfreut gewesen. „Marius altes Haus, was hast du den auf dem Herzen?" Auch hier wollte Marius nicht sofort mit der Sprache raus, er wollte seinen Kumpel Jo erst einmal abklopfen. Er fragte Jo wie es ihn denn so ginge. Dabei erfuhr er, dass Jo im Moment keine richtige Arbeit hatte. Er hätte da zwar eine Firma an der Hand, die Garten und Landschaftsbau betreiben würde, und die Joachim auch immer mal wieder, als Geringbeschäftigter, einsetzen würde. Aber im Moment hätte er Zeit. Meistens würden sie ihn holen, wenn ein Mitarbeiter erkrankt sei, oder wenn Leute im Urlaub wären. Marius fragte ihn, warum er sich denn nicht schon längst eine andere Arbeit gesucht hätte. „Ach weißt du Marius, die Arbeit dort macht mir viel spaß, und der Chef verspricht mir ja auch immer wieder aufs Neue, dass er mich bald fest einstellen würde. Aber das sagt er jetzt schon seit fast zwei Jahren." Marius hörte interessiert zu, und meinte dann, „Also wenn du im Moment nichts Besseres zu tun hast. Ich bin da an einer Sache dran. Ein paar Tage harte Arbeit, aber die wird dann auch mit einem richtig warmen Geldregen belohnt!" Jo war sofort davon begeistert, dass dies nicht wirklich legal sein konnte war ihm zwar klar, aber er dachte sich: Im

Leben wird man sooft von anderen schamlos ausgenutzt, dann kann man doch gelegentlich den Spieß auch einmal umdrehen, also ein schlechtes Gewissen hatte er nicht. Marius meinte, dass die Sache, die er Geplant hätte, Ähnlichkeiten mit seinem Beruf als Gärtner habe. Es ging da auch um das Graben, sozusagen ein großes Loch zu graben. Jo meinte, dass er da kein Problem sehen würde. Er könne, wenn es nötig wäre, auch Werkzeuge mitbringen. Das wiederum fand Marius ganz toll. „Wir bräuchten eine Schubkarre, ein paar Schaufeln und ein paar Spaten wären auch nicht schlecht." Jo meinte, dass er damit kein Problem hätte, sein Chef, also der Meister in der Firma in der er sooft aushalf, der sagte immer, wenn Jo Werkzeug bräuchte, dann solle er sich das einfach holen, er wüsste ja wo es gelagert würde. Damit wollte der Chef wohl einen Teil seines schlechten Gewissens abbauen. Marius war riesenhaft begeistert von dem was ihm Jo da gerade mitteilte. Auch den Joachim bestellte er für den nächsten Tag um 17:00 Uhr zu sich nach Hause. Jo meinte, dass er pünktlich käme, und brächte auch gleich eine Schubkarre voll Werkzeugen mit. Als Marius dann das Telefonat beendet hatte, dachte er: Das klappt ja alles viel besser als wie ich mir das jemals erträumt hätte. Das läuft ja alles wie geschmiert, ich brauch mich noch nicht einmal um das Werkzeug zu kümmern, das wird mir sogar frei Haus geliefert. Jetzt fehlte Marius nur noch ein Mann und seine Mannschaft wäre vollständig. Er suchte schon in der Liste des Telefonbuches den Namen von Lars Mühlberger heraus, er klickte diesen Namen an. Auch dieses Mal dauerte es nicht sehr lange, und am anderen Ende der Leitung meldete sich Tina Rückert. Weder Marius noch Tina wussten im ersten Moment mit wem genau sie es gerade zu tun hatten. Doch schon nach den ersten paar Worten die sie höflich gewechselt hatten, kam es beiden recht bald in den Sinn, wer die jeweilige andere Person am Ende der Telefonleitung war. Marius war der Erste der es ansprach: „Wir kennen uns doch aus der Pizzeria! Ich hätte gerne mal kurz, wenn es möglich wäre, den Lars gesprochen." Tina wollte gerne wissen, ob er aus dem Grund anrief, weil er mit ihnen noch einmal so einen schönen, gemeinsamen Abend verbringen wollte. Marius meinte dazu, dass sie dies mit Sicherheit blad mal wieder tun sollten, aber jetzt wollte nur einmal mit Lars sprechen, weil er dessen Hilfe gerne in Anspruch nehmen würde. Tina war sich sicher, dass Lars ihm gerne unter die Arme greifen würde, sie wolle nur schnell mal nachsehen wo sich Lars im Moment aufhielt. Nach kaum einer Minute meldete sich Lars am Telefon. „Hallo Marius, was gibt es denn Schönes?" Für Marius klang Lars eine Spur zu fröhlich. Er war sich sicher, dass er sich mit dem Lars eine andere Taktik ausdenken müsste. Bei den zwei anderen Kameraden brannte es förmlich auf den Nägel, beide waren, finanziell gesehen, absolut abgebrannt. Diesen Eindruck machte Lars nun wirklich nicht. Marius redete halt ein wenig um den heißen Brei herum, wie man es so zu sagen pflegt. „Also Lars, ich habe da etwas mit zwei weiteren Kumpels vor, und wenn ich ehrlich bin, dann fehlt mir noch ein fähiger Kopf. Ich würde gerne mal deine Meinung hören, am Telefon kann man die genaue Sachlage, nicht so gut erklären, da fehlen mir die richtigen Worte. Genau aus diesem Grund, brauche ich ja auch dich dabei." Lars fühlte sich natürlich sehr geschmeichelt, und so konnte er dem Marius schlecht einen Gefallen abschlagen. Nachdem Marius einmal kurz durchblicken ließ, dass man da auch etwas Geld verdienen könne, da war er auch zu mehr, als nur einen kleinen Gefallen, bereit. Marius bestellte auch den Lars zu sich nach Hause, zur selben Zeit wie er auch Dennis und Joachim bestellt hatte. Als dann das Telefonat beendet war, wollte natürlich Tina alles ganz genau wissen, was Marius erzählt hatte. Nachdem Lars sie eingeweiht hatte, meinte sie nur: „Nur gut dass dieses Treffen bei Marius schon morgen ist. Du weißt ja was heute in der Post lag." An diesem Morgen kam doch tatsächlich von der SHA.AG die Bestätigung, dass Lars eingestellt sei, und in ungefähr zwei Wochen wäre auch schon sein erster Arbeitstag. Er würde seine Arbeit, am ersten Werktag des kommenden Monats beginnen. Lars war in dieser Beziehung, mit seinen Wünschen, etwas gespalten, auf der einen Seite würde ihm die Arbeit schon gut gefallen. Auf der anderen Seite aber, hatte ihm sein Faullenzerleben auch prima gefallen. Von dieser Zwiespältigkeit erzählte er Tina lieber nichts. Er hatte halt noch immer gehofft, dass von Herrn Dr. Öztürk eine Absage käme, aber es kam halt anders. Lars wusste nicht wann genau er das letzte Mal, wenn überhaupt, vor so einer wichtigen Entscheidung gestanden hatte.

7.)
Der erste Spatenstich

Marius freute sich wie ein Schneekönig. Es war noch lange keine siebzehn Uhr und alle waren schon bei ihm in der Wohnung versammelt. Joachim hatte Wort gehalten, er kam mit einer Schubkarre die vollgeladen mit den verschiedensten Werkzeugen war, und er sicherte zu, wenn noch das eine oder andere Werkzeug benötigt würde, so könne er es innerhalb kürzester Zeit besorgen. Marius meinte, dass er in seiner Wohnung nicht groß über sein Projekt *Tunnel* sprechen wollte, er meinte es wäre viel besser, wenn alle nun zu einer ausführlichen Ortsbesichtigung gehen würden. Die Wegstrecke wäre zu Fuß durchaus überbrückbar. Normalerweise täte er lieber mit dem Bus fahren, er gab zu bedenken, dass es etwas schwierig wäre, die Schubkarre voller Werkzeuge in einen Bus zu bekommen. Er konnte sich auch nicht vorstellen, dass so ein Gerät in einem Bus transportiert werden dürfe, der Busfahrer würde sie wohl gleich abweisen, wenn sie auch nur den Versuch unternehmen täten, die Schubkarre in den Bus hinein zu heben. So folgten sie alle dem Vorschlag von Marius, und setzen sich gleich in Bewegung. Nach etwas mehr als eine Stunde standen sie vor dem Haus, zu dem Marius von Frau Saalfeld, auf freundlicher und naiver Weise, den Hausschlüssel bekommen hatte. Die ganze Truppe schaute Marius fragend an. Dieser gab sehr überzeugend von sich, dass sie erst einmal in das Haus hinein gehen sollten, er würde ihnen dann seinen Plan ganz genau erklären. Kaum hatten sie den verwilderten Vorgarten betreten, da stand auch schon wieder Frau Saalfeld am Gartenzaun. „Einen recht schönen guten Abend, die Herren." Marius war etwas irritiert, denn mit der Frau Saalfeld hatte er im Moment gar nicht gerechnet, um ehrlich zu sein: Marius hatte die gute Frau Nachbarin überhaupt nicht in seinen Plan eingebaut. Jetzt erkannte er, dass die gute Frau, der schwache Punkt in seinem Vorhaben sein könnte. „Guten Abend Frau Saalfeld!", sagte Marius. „Wir sind hier um ein paar Voruntersuchungen zu machen. Ich hätte da noch eine kleine, winzige Bitte an Sie."

„Um welche Bitte handelt es sich denn? Herr...? Ich weiß jetzt im Moment Ihren Namen nicht mehr."

„Ach, sagen Sie doch einfach Marius zu mir, das tun eigentlich alle."

„Also gut, Herr Marius, um welche Bitte handelt es sich denn?"

„Wir hatten doch erst über das Alles hier gesprochen, nun wollte ich Sie bitten, dass sie alles wie ein Geheimprojekt behandeln." Frau Saalfeld sah ihn mit einer fragenden Gesichtsmiene an, deswegen sprach Marius auch gleich weiter: „Wenn sich nämlich herumspricht, was wir hier vorhaben, dann steigt der Kaufpreis für dieses Haus sofort in das Unendliche und wir können gleich alles wieder vergessen. Bleibt dies aber unser kleines Geheimnis, wird später die ganze Straße aufgewertet. Wenn hier erst einmal alles fertig ist, dann wird auch Ihr Haus doppelt so viel wert sein wie jetzt. Was sage ich doppelt, das Haus wird dreimal so viel wert sein. Und das alles ohne dass sie auch nur einen einzigen Cent dafür ausgeben müssten. Und wenn sie das Haus einmal verkaufen wollen, oder auch nur ein Zimmer vermieten möchten, dann können Sie dreimal so viel dafür verlangen als wie sie heute dafür bekämen." Frau Saalfeld versicherte, dass sie kein schwatzhaftes Weib sei. Sie würde natürlich über diese Sache schweigen wie ein

Grab, wüsste sie doch nun nur zu gut, dass sie sich sonst selbst einen beträchtlichen Schaden zufügen würde. Marius erklärte Frau Saalfeld, dass er jetzt langsam mit seiner Arbeit beginnen müsste. Es wäre auch nicht sonderlich ratsam, wenn man die ganze Nachbarschaft auf ihn und sein Team aufmerksam machen würde, dies täte nur zur einer unnötigen Fragerei führen, und genau das wollten sie doch alle nicht. Frau Saalfeld gab ihm Recht, sie hatte ja keine Lust ihren neuen Reichtum in Gefahr zu bringen. Sie zog sich sofort, leise und unauffällig, zurück. Als dann die Bahn frei war, meinte Lars, dass diese Frau doch die Naivität in Person sei. Marius versicherte ihm, dass es ihm so doch viel lieber sei. Wenn diese Frau ihm diese Geschichte nicht abgekauft hätte, dann hätte sie sich wohlmöglich mit der Erbengemeinschaft in Verbindung gesetzt, und der ganze schöne Plan wäre im Eimer gewesen. Darauf wollte Dennis mehr Einzelheiten von dem Plan erfahren. „Lasst uns erst einmal das ganze Werkzeug in den Keller bringen, dann werde ich euch in meinen Plan einweihen.", verkündete Marius. Sie hatten ihre liebe Not, bis sie die Schubkarre im Keller hatten, aber wo ein Wille ist da ist auch ein Weg. Nach ein paar heftigen Schimpfwörtern, die wir an dieser Stelle nicht wiedergeben möchten, war die Schubkarre sowie auch die ganzen anderen Werkzeuge im Keller angelangt. Marius erklärte nun seinen Plan. „Also hört gut zu: Wir wollen in die Bank einsteigen, die auf der anderen Seite der Straße liegt." Marius wurde von seinen drei Kumpels fragend angesehen. Nun setzte Marius ihnen auseinander, wie er sich das ganze Unternehmen gedacht hatte. Er erzählte ihnen von dem Tunnel, den er unter der Straße anlegen wollte, und dass er dann in den Keller der Bank einsteigen wolle, wenn keine Personen mehr anwesend wären, also am Wochenende oder abends nach dem Dienstschluss der Bank. Lars wollte von Marius wissen, woher er denn wüsste, dass dort eine so große Menge an Geld wäre, denn Marius hatte von Millionen gesprochen. „Leute lasst das mal meine Sorge sein. Wenn ich sage, dass da so viel Geld ist, dann ist es auch so. Ich denke mir, alle Quellen muss ich euch ja nicht offenlegen." Den Dreien genügte diese Zusicherung fürs Erste. In Wirklichkeit wusste Marius natürlich nicht, ob es überhaupt etwas zu holen gäbe, in der Bank. Er hatte nur schon eine Reihe schlechter Filme gesehen, und auch eine stattliche Anzahl von minderwertigen Romanheftchen gelesen, und immer war in der Bank viel Geld zu holen gewesen. Er meinte, so falsch können seine Informationen gar nicht sein. Ja wenn er nur einen Film gesehen hätte, oder wenn er nur einen Roman gelesen hätte, dann würde die ganze Sache auf wackligen Beinen stehen, aber so hatte er sich doch gut in die Materie eingearbeitet. Lars wollte nun einige Details wissen. Er fragte wie weit, also wie viele

Meter, die Bank von dem Haus, in dem sie sich gerade befanden, entfernt sei. Auch wollte er wissen wie hoch und wie breit der Tunnel denn sein sollte. Zum Schluss wollte er wissen, wohin den der ganze Abraum, also die Erde die durch den Tunnelbau anfiel, hingeschafft werden sollte. „Du bist aber ein ganz Genauer, der Abraum, wie du dich ausdrückst, den werden wir in den verschiedenen Kellerräumen verteilen, und wenn das nicht reichen sollte, tun wir den Rest im Erdgeschoss verteilen. Nach meine Schätzung müsste der Tunnel ungefähr 35 Meter lang werden. Ich denke mir, wenn wir ihn 1,5 Meter breit und 1,7 Meter hoch machen, dann haben wir einen Abraum von ungefähr 80 bis 90 Kubikmeter. Hier im Keller sind noch zwei Nebenräume, die zusammen bestimmt 30 Quadratmeter haben, hoch ist die Decke, hier im Keller, knapp 2,5 Meter, da bekommen wir schon fast alles rein, den Rest tun wir dann oben in das ehemalige Wohnzimmer, und fertig ist die Soße." Dennis und Joachim waren mit dem Plan einverstanden, sie hielten ihn für gut ausgearbeitet. Sie wollten auch sofort mit den Bauarbeiten beginnen. Lars wollte noch etwas Bedenkzeit, er war hin und her gerissen. Auf der einen Seite lockte das viele Geld, welches in der Bank auf ihn wartete, auf der anderen Seite freute er sich auch schon auf seinen neuen Job. Das Projekt Tunnel war ja auch nicht ganz ohne Gefahr. Man konnte erwischt werden. Frau

Saalfeld könnte es zum Beispiel, unter dem Siegel der Verschwiegenheit, einer ganzen Menge von Leuten weitererzählen. Lars wollte zumindest einmal eine Nacht darüber geschlafen haben, bevor er sich endgültig entscheiden würde. Für die anderen war der Bau des Tunnels schon eine beschlossene Sache. Sie wollten auch noch an diesem Abend den ersten Spatenstich machen. Jo rief vor Freude aus: „Nur wer früh anfängt, der ist auch früh fertig!"

Darauf gab Dennis zum Besten: „Was du heute kannst besorgen, das verschiebe nicht auf morgen!" so begannen die Bauarbeiten einige Augenblicke später. Marius dacht bei sich: Wenn der Mensch nur das richtige Ziel vor den Augen hat, dann vollbringt er Erstaunliches.

8.)

Wie die Einfahrt einer Tiefgarage

Am nächsten Tag, ganz früh am Morgen, Frau Saalfeld war schon eine ganze Weile wach, ihr Wahlspruch lautete immer: Der frühe Vogel fängt den Wurm. Sie liebte es einfach, morgens gut zu frühstücken, und das natürlich mit ganz frisch gebackenen Brötchen. Seit einiger Zeit, machte der Discounter, zwei Straßen weiter, schon morgens um sieben Uhr auf, und was noch viel besser war, es gab dort auch seit ein paar Wochen einen Backautomaten. Man drückte einfach auf eine Taste und schon gleiteten die frisch gebackenen Brötchen in eine dafür vorgesehene Auffangwanne, wo man sie dann mit Hilfe einer Zange in eine Papiertüte einpacken konnte. Die Brötchen dort waren wirklich sehr gut im Geschmack und hatten auch eine ordentliche Größe, und dazu waren sie sehr viel billiger als beim Bäcker. Frau Saalfeld dachte sich halt immer, dass sie ihr Geld nur ein einziges Mal ausgeben könnte, jeder einzelne Euro der weg war, der war halt unwiederbringlich weg. Wenn man aber beim Einkaufen auf die Preise achten würde, dann bekäme man für sein Geld viel mehr! Die gute Frau hatte schon vor einiger Zeit festgestellt, dass ein Euro beim Bäcker viel weniger an Wert besaß als wie das beim Discounter der Fall war. Günstig einzukaufen käme ihrer Meinung nach, einer Lohnerhöhung gleich. Als Frau Saalfeld das Haus verlassen hatte, fiel ihr sogleich auf, dass hier in der Straße mehrere schwere Lastwagen unterwegs waren, die rumpelten durch die enge Gasse, dies war hier für diese Gegend sehr ungewöhnlich. Ein Stück weiter die Straße hinauf erkannte sie auch schon was es mit diesen schweren Tracks auf sich hatte. Auch hier stand ein Haus, welches schon seit ungefähr zwei Jahren leer stand. Die Laster hielten genau vor diesem Haus. Interessiert wollte Frau Saalfeld gerne mehr über das so seltsame Geschehen, bei dem leer stehendem Haus, in Erfahrung bringen. Als sie dann auf der Höhe des besagten Grundstückes war, entdeckte sie, dass da schon eine Frau aus der Nachbarschaft am Gartenzaun stand und dem Treiben zusah. Frau Saalfeld begrüßte ihre Nachbarin, Frau Mayer, welche im Haus schräg ihr gegenüber zur Miete wohnte. „Guten Morgen, Frau Mayer, wissen sie vielleicht was hier los ist?"

„Das kann ich ihnen gerne sagen. Die alte Bude hier wird abgerissen, und dann kommt hier ein Haus hin, in dem es sechs Eigentumswohnungen geben soll, und diese Wohnungen sollen sündhaft teuer werden. Das hätte man alles vorher wissen müssen, dann hätte man viel Geld damit verdienen können."

„Wie meinen sie das, Frau Mayer?"

„Ganz einfach, Frau Saalfeld. Man hätte sich auf der Bank einen Kredit aufnehmen sollen, um eine ganz billige Hütte hier in der Straße zu kaufen, und wenn die edle Nobelbude hier dann fertig ist, dann ist die billigste Hütte, die man hier in der Straße auf Kredit erwerben konnte, dreimal so viel wert als wie man selbst dafür hingelegt hätte. Man zahlt dann locker den Kredit zurück und hat gleichzeitig eine Menge Geld verdient, ohne wirklich etwas dafür getan zu haben." Frau Saalfeld nickte nur, sie dachte sich nämlich: Und wenn der Herr Marius mit seinem Projekt fertig ist, dann ist mein eignes Haus nicht dreimal sondern fünfmal so viel wert wie jetzt. Nach ihrer Vorstellung, würde sich jede Werterhöhung in dieser Straße, ganz automatisch auf ihr eigenes Haus übertragen. Gut gelaunt ging sie weiter um sich ihr Frühstück zu kaufen. Was sie soeben erfahren hatte, das regte natürlich ihren Appetit besonders gut an. So gut wie an diesem Morgen, hatte ihr schon lange kein Frühstück mehr geschmeckt.

Etwa zur gleichen Zeit, als Frau Saalfeld unterwegs war, um sich ihr Frühstück zu besorgen, da saßen Tina und Lars zusammen um ihre erste Mahlzeit an diesem Tag zu sich zu nehmen. Tina sah das mit dem Frühstück am frühen Morgen sehr eng. Sie meinte, dass dies eine positive Wirkung auf Lars haben müsste, da er ja schon bald eine richtige Arbeit habe, und dann das frühe Aufstehen die Regel für ihn sein wird. Zuerst hatte Lars lautstark Protest eingelegt, Tina hatte sich wenig bis gar nicht davon beeindrucken lassen. Sie hatte zu ihm gesagt, dass der Mensch ein gewisses Maß an Training bräuchte um gute Leistungen vollbringen zu können. Ein untrainierter Mensch kann auch nur eine Leistung vollbringen, wenn man diese mit einer Schulnote ausdrücken wollte, nur mit Ungenügend wiederzugeben wäre. Das wollte Lars so nicht im Raum stehen lassen, er meinte, wenn er erst einmal seine neue Arbeit aufgenommen habe, dann wäre für das Training noch mehr als genug Platz vorhanden. Sie aber meinte: „Hör mir bitte einmal gut zu. Du hast doch schon von diesen Sportveranstaltungen gehört, wo man schwimmen muss, dann muss man mit dem Rad fahren und zum Schluss muss man dann noch eine Strecke von mehr als vierzig Kilometer laufen. Wie nennt man diese Sportart noch einmal?"

„Eisenmann, oder nein das spricht man, glaube ich, englisch aus und da heißt es: Iron-Man."

„Ja genau, jetzt weiß ich es wieder, Iron-Man, so nennt man dies.", sagte Tina.

„Und was hat dies jetzt mit uns oder besser gesagt mit mir zu tun?"

„Ganz einfach, mein Liebling. Was denkst du wie viele von denen, die an so einem Wettkampf mitmachen und total untrainiert sind, überhaupt eine Chance haben, dass sie in der vorgegebene Zeit das Ziel erreichen können?"

„Also Tina, jetzt tu mal bitte nicht so übertreiben. Das ist doch etwas ganz anderes!"

„Das kann man sehen wie will, aber ganz ohne Disziplin und ohne Training, da erbringt der

Mensch auch nur eine Leistung hervor, die noch viel zu wünschen übriglässt." Lars hatte am frühen Morgen, den Argumenten seiner Lebensgefährtin nichts mehr entgegen zu setzen. Als Lars dann den ersten Bissen von seinem gut belegten Toastbrot zu nehmen beabsichtigte, da wollte Tina etwas darüber erfahren, was denn am vergangenen Abend bei seinem Kumpel gewesen sei. Sie interessierte sich dafür ob Lars dem Marius helfen konnte. Lars aber, wusste nicht so ganz genau, was er ihr erzählen sollte. Wenn er die ganze Wahrheit ausplaudern würde, dann täte sie doch nur total ausflippen. Sie liebte das Unrecht in keinster Weise, und wenn es dann noch um Einbruch und Diebstahl, oder um ähnliche Dinge ging, da hatte Tina nicht das geringste Verständnis dafür. Ob sie aber gleich zur Polizei laufen würde, da war sich Lars nicht so sicher, aber je mehr er darüber nachdachte, umso mehr kam er zu dem Schluss, dass sie zwar wie ein Rohrspatz schimpfen würde, aber sie würde niemals eine Anzeige bei der Polizei erstatten. Lars kämpfte etwas mit sich selbst und kam dann doch noch zu einem Ergebnis: „Weißt du, Marius hat uns da ein Haus gezeigt. Ich glaube es gehört jemand aus seiner Familie und da soll etwas umgebaut werden."

„Was ist das denn das für ein Haus? Ein Einfamilienhaus? Was will er denn da umbauen?"

„So wie ich es erkennen konnte, es war ja schon recht dunkel gewesen als wir dort ankamen, da ist es eher eines der kleineren Häuser. Also ehr etwas für eine nicht so große Familie."

„Na komm schon Lass, jetzt lass die doch nicht alles einzeln aus der Nase ziehen. Was will er denn genau umbauen?" Lars griff nach einer List, er wollte seine Freundin nicht die volle Wahrheit sagen, aber so ganz wollt er sie auch wieder nicht anlügen. Er erfand also eine ganz eigene Geschichte. Er erzählte ihr davon, dass in diesem Haus nicht so viel Platz wäre, und Marius versuchen würde, den Keller zu vergrößern. Als sie ihn fragend anstarrte, meinte er, Marius hätte vor noch einige Kellerräume anzubauen. Das Ganze aber würde ohne Baugenehmigung ablaufen. Zum einem wären solche Genehmigungen sehr teuer und zum anderen bekäme man auch nicht unbedingt jedes Bauvorhaben genehmigt. Mit diesen Informationen gab sich Tina vorerst zufrieden, dass man nicht für alles eine behördliche Genehmigung bekäme, dieses konnte sie schon verstehen. Sie sagte zu ihren Freund Lars, dass er sich bei den Bauarbeiten nicht unbedingt beteiligen sollte, denn schnell hätte er einen kleinen Arbeitsunfall und könnte so seine neue Arbeitsstelle nicht pünktlich antreten. Sie meinte, wenn er schon seine Probezeit hinter sich hätte, dann wäre es auch nicht so schlimm, wenn man einmal krankgeschrieben wäre. Eine neue Arbeit aber, mit einer Krankmeldung zu beginnen, dies ginge wirklich nicht, das würde keinen guten Eindruck hinterlassen. Lars hatte die Sache, bis eben, von dieser Seite noch nicht betrachtet. Er war froh darüber, dass ihn Tina darauf aufmerksam gemacht hatte. Am Bau konnte doch so viel passieren, und der Mutigste war er auch niemals gewesen. Er wollte dies Marius schon irgendwie erklären, er würde ihm schon irgendwie sagen, warum er bei dem Projekt >Tunnel< nicht mitmachen könnte.

Nachdem Lars und Tina ausführlich und reichlich gefrühstückt hatten, musste Tina dann auch bald das Haus verlassen. Sie hatten ja einen, mehr oder weniger, schlecht bezahlten Job. So im Allgemeinem nannte man so eine Arbeitsstätte > 400,- € Job <. Natürlich war bei so einem Job, die 400,- €, die Höchstgrenze. Tina hatte so um die 250,- € im Monat. Sie ärgerte sich schon hin und wieder, dass sie nicht wirklich jede einzelne Arbeitsstunde bezahlt bekam. Ihr Vorgesetzter sagte immer, dass dies alles zu ihrer Arbeit dazugehören würde, und wenn er ihr alles bezahlen täte, dann wären ja bald alle seine Angestellten Millionäre, und dies ginge ja wohl wirklich nicht. Es wäre doch so, dass man heute froh sein sollte, wenn man überhaupt eine Arbeit hätte. So eine Haarspalterei, was nun so alles in die bezahlte Arbeitszeit hineinfällt und was nicht, das möchte er mit kleinen Angestellten sowieso nicht diskutieren. Arbeitslose gäbe es schließlich genug hier im Land, und ihre Nachfolgerin würde die gleiche Arbeit für noch weniger Geld machen.

Hin und wieder gab es Zeiten, wo Tina, die Einstellung zur Arbeit ähnlich sah wie ihr Lebensgefährte Lars. Wenn man sich doch Mühe gab und seine Arbeit gut und ordentlich machen wollte, aber die Firma, für die man arbeitete, es einem dennoch nicht wirklich dankte, das waren dann Tage, an denen sie sich über die Ungerechtigkeit die in der Welt herrscht, ärgerte. Sie fragte sich zu Weilen, was es denn für einen Sinn machen würde, wenn jeder nur seinen persönlichen Vorteil suchte: Die Starken würden noch viel stärker, die Schwachen aber um einiges schwächer werden. Das konnte für sie, nicht der Sinn des Lebens sein.

Kaum hatte Tina das Haus verlassen, da machte sich bei Lars eine so tiefliegende Unsicherheit breit. Es gab in seinem Leben immer mal wieder solche Momente, wo er nicht in der Lage war, genau zu sagen was er denn wirklich wollte. Auf der einen Seite lockte ihn das schnelle Geld, von dem ihn Marius berichtet hatte. Natürlich gab es dieses Geld nicht wirklich ganz umsonst. Zuerst stand da ein ordentliches Stück Arbeit im Raum, und diese Arbeit musste von jemanden erledigt werden. Wenn er diese Arbeit von den anderen machen ließ, dann brauchte er auch nicht groß erwarten, dass sie mit ihn teilten. Wenn er ehrlich diese Sache überdachte, dann würde er selbst auch nicht wirklich einsehen, dass er eine gewaltige Arbeit erledigen sollte, und ein anderer wollte dann einen Anteil davon haben. Er meinte, dass die Anderen da auch so ähnlich denken müssten. Als er so über diese Sache nachdachte, da fiel ihm wieder ein, dass er eigentlich sein ganzes Leben so eingerichtet hatte, dass er fast ausschließlich von den Früchten lebte, die andere erarbeitet hatten. Er versuchte aber sofort sich einzureden, dass dies doch etwas ganz anderes sei. Er wunderte sich nun über sich selbst, denn es fiel ihm auf einmal schwer das zu glauben, was er sich doch schon seit Jahren selbst einredete. Irgendetwas war geschehen, er wusste aber noch nicht was. Er wusste nur, dass er anfing anders über die sozialen Strukturen nachzudenken. Er merkte auf einmal, dass es schon ein Unterschied darstellte, ob man nun eine Kasse zu füllen habe, oder ob man nur in eine volle Kasse hinein greifen brauchte. Lars schwirrte es im Kopf herum, als wenn sich ein ganzer Bienenstock darin verirrt hätte. Er wollte aber einen klaren Kopf bekommen, da schlugen auf einmal so viele Dinge auf ihn ein, die ihn zu überfordern drohten. Er gab es sich selbst gegenüber nicht wirklich zu, aber in seinem Innersten wusste er es schon irgendwie; er musste sich, ob er wollte oder nicht, von den alten Gewohnheiten trennen. Etwas in seinem Inneren sagte ihm, dass das was er bis jetzt getan hatte, nicht wirklich so ganz in Ordnung war. Lars dachte, dass es ihm gut tun würde, wenn er etwas spazieren ginge. An der frischen Luft mussten ihm dann wohl die richtigen Gedanken kommen. Auf jeden Fall sollte er in seinem Kopf zwei gedachte Stapel bilden, mit deren Hilfe er einiges vorsortieren konnte. Der eine Stapel könnte dafür stehen, was er bis jetzt immer für wichtig gehalten hatte, und der zweite Stapel könnte dafür Symbol tragen, was alles auf ihn, in naher Zukunft auf ihn zukommen wird, und welche Wege er dann einschlagen müsste. Lars lief ohne wirklich ein Ziel vor den Augen zu haben los, er vergaß dabei ganz die Zeit, er lief scheinbar Planlos, aber in seinem Bauch gab es schon einen vorprogrammierten Endpunkt für seinen Spaziergang. Mehr oder weniger unbewusst führte ihn sein Bauchgefühl zu dem Haus, von dem der Tunnel zur Bank gegraben werden sollte. Wenn ich schon hier bin, dachte Lars, dann kann ich auch mal nachsehen ob die Jungs schon mit der Arbeit begonnen haben. Kurz darauf stand Lars im Keller des betreffenden Hauses. Er wurde auch sogleich von seinem Kumpel Marius begrüßt: „Na, da schaust du nicht schlecht aus der Wäsche. Du hast bestimmt mit allem gerechnet, aber bestimmt nicht damit, dass wir schon so weit sind!" Lars war wirklich erstaunt darüber, was die drei Männer in so kurzer Zeit fertig gebracht hatten. Er stand vor einer großen Bodenöffnung, die ihn irgendwie an die Einfahrt einer Tiefgarage erinnerte. Das gegrabene Loch ging nicht etwa senkrecht in den Boden, sondern es verschwand schräg in der Erde. Lars schaute Marius fragend an. „Ich dachte mir, ihr geht hier durch die Wand und dann gerade rüber bis zu dem Keller der Bank."

„Mensch Lars", sagte Marius, „streng doch mal ein wenig deinen Kopf an, wenn du hier aus dem Kellerfenster hinaussiehst, dann kannst du doch leicht feststellen, dass das mit dem Tunnel so nichts werden kann. Wenn wir hier gerade durch die Wand gegangen wären, so hätten wir bestenfalls einen ordentlichen Graben zur Bank hinbekommen. Der dann nach oben hin, zur Straßendecke offen wäre. Aber wir wollen doch im Verborgenen bleiben. Wenn man uns schon jetzt sehen würde, dann wäre die ganze Sache doch total witzlos. Wir könnten doch gar nicht unbemerkt in den Keller der Bank eindringen." Lars schaute sich den Schacht etwas genauer an. In diesem Moment kam Joachim mit einer Schubkarre voll Erde die schräge Rampe des Schachtes hochmarschiert. Er hatte eine Lampe auf der Stirn sitzen, eine Leuchte wie man sie in guten Sportgeschäften kaufen konnte, Jogger tragen so etwas manchmal wenn sie ihren Sport bei Dunkelheit ausüben. „Hallo Lars.", sagte Jo, „Schön dass du da bist. Du kannst uns auch gleich etwas unter die Arme greifen, dann geht es noch viel schneller voran." Lars hatte eigentlich vorgehabt, den Kumpels zu sagen, dass er bei der Sache nicht mehr mitmachen wollte. Wie das im Leben des Öfteren so ist, man weiß auf der einen Seite ganz genau was man will, auf der anderen Seite aber kann man dieses Wollen, nicht in die richtigen Worte packen. Lars war jetzt genau in so einer Situation, er wollte seinen Kumpels sagen, dass sie ohne ihn klarkommen müssten, aber es fehlte ihm der Mut dazu, dies offen den drei Freunden ins Gesicht zu sagen. Er stand da wie ein begossener Pudel. Da war auf einmal ein lautes Scheppern zu vernehmen. „Was war denn das?", fragte Lars.

Da zeigte sich auch Dennis am Tunneleingang. „Das kann ich die ganz genau sagen, was das war. Ein Stück weiter in dieser Straße ist eine große Baustelle, und immer wenn ein Lastwagen von der Baustelle beladen mit Bauschutt hier am Haus vorbeikommt, dann hört man diesen Krach."

„Das ist ja furchtbar.", meinte Lars.

„Nein, überhaupt nicht.", mischte sich Marius ein. „Das mit der Baustelle ist sogar ein großes Glück für uns. Je mehr Laster Krach machen, umso weniger fällt auf, dass es hier eine zweite Baustelle gibt." Das leuchtete Lars ein. Joachim drängte ihn dann dazu, dass er auch einmal in den Tunnel hinein gehen sollte. Lars ließ es sich nicht anmerken, dass ihn dies nicht behagte. Aber dennoch lief er hinter Joachim her, der eine leere Schubkarre in den Tunnel schob. Lars war erstaunt wie weit der Tunnel schon vorangetrieben war. Jo erklärte Lars, dass sie mit dem Tunnel eigentlich noch nicht sehr weit wären, sie wären noch auf dem Grundstück, das zu dem Haus dazugehörte. Maximal wären sie, mit etwas Glück, gerade unter dem Gartenzaun, aber ganz genau könne nur Marius sagen, wie weit sie schon waren. Lars wollte gerade etwas dazu sagen, das kam es zu einer Erschütterung, er dachte die Welt ginge unter. Da rannte er so schnell er konnte aus dem Tunnel heraus. Als Marius ihn aus dem Tunnel rennen sah, meinte er, „Du hast es aber auf einmal sehr eilig!"

„Ich hatte auf einmal das Gefühl, dass der gesamte Tunnel einstürzen würde.", meinte Lars.

„Auch das war nur wieder eines der Baustellenfahrzeuge, daran gewöhnt man sich sehr schnell."

Lars schüttelte den Kopf, „Daran kann ich mich nicht gewöhnen, ich hatte ja keine Ahnung davon gehabt, wie gefährlich so etwas ist. Seit mir bitte nicht böse, ich kann so etwas nicht, ich steige aus." Lars hatte nun wirklich eine Begründung dafür gefunden, warum er bei diesem Projekt nicht mehr mitmachen wollte. Es war ihm auch egal, ob die Anderen ihn für einen Feigling hielten. Er wusste nur eines, in diesen Tunnel da ging er niemals wieder hinein. Ohne sich wirklich zu verabschieden, macht sich Lars auch wieder gleich auf den Heimweg.

9.)
Nicht die volle Wahrheit

Wenn Lars den Weg zur Tunnelbaustelle, mehr oder weniger, unbewusst gegangen war, so ging er den Weg nach Hause umso bewusster. Der Schreck steckte ihm noch ganz tief in den Knochen. Er konnte keinen wirklichen Gedanken erfassen, und seine Knie waren weich wie Pudding. Aber dennoch lief er, für seine Verhältnisse sehr schnell. Er hatte nur noch die Flucht nach vorne im Kopf. Es trieb ihn die reine Panik vorwärts. Einer richtigen Gefahr war Lars noch niemals in seinem Leben ausgesetzt gewesen. Aber was er da im Tunnel erlebt hatte, das war eine Erfahrung auf die er gerne verzichtet hätte. Das Herz klopfte ihm im Leib und sein Magen signalisierte ihm, dass dieser sich nicht besonders wohl fühlte. Es war ihm in diesem Moment nur noch eines wichtig und das war, dass er so schnell wie nur möglich nach Hause lief und die Wohnungstür hinter sich zuschloss. Er wollte so schnell keinem mehr die

Tür öffnen und an das Telefon wollte er zumindest für eine Weile auch nicht mehr gehen. Tief in seinem Inneren hatte er eine große Angst davor gehabt, dass sich jemand mit ihm in Verbindung setzen würde, um ihn dann zu überzeugen, dass er wieder in den Tunnel zu steigen hätte. Nein, dazu hätte an diesem Tag keine Nerven mehr gehabt. Als Lars dann zuhause angekommen war, da war es ihm, als wenn er die ganze Strecke geflogen wäre. Es war sonst überhaupt nicht seine Art, so lange Fußwege in so kurzer Zeit zurück zu legen. Aber was er heute hingelegt hatte, dies war wohl, mit großem Abstand, seine persönliche Bestmarke gewesen. Traurig war er nicht darüber, dass er schon so schnell daheim war. Er meinte dann, dass er sich jetzt etwas Gutes tun müsste, zumindest seinem Magen wollte er etwas Angenehmes antun. In der Küche entdeckte er ein Päckchen, in dem noch ein paar Beutel mit Kamillentee waren, er kochte sich auch sofort eine ganze Kanne von diesem Gebräu. Ein wenig später saß Lars mit seinem Tee vor dem Fernseher, er zappte sich ziellos durch die einzelnen Programme. Bei einer Reportage über ein Bergwerksunglück, blieb Lars hängen. Er sah die schrecklichen Bilder. Natürlich lag das Unglück, über welches gerade berichtet wurde, mehr als zwanzig Jahre zurück. Aber dennoch war es für Lars toppaktuell. Er sah sich die Rettungskräfte genau an, mit welchem

Equipment die da hantierten. Es gab da Bohrer, es gab Bagger und es gab sogenannte Horchgeräte, und es gab da noch vieles mehr. Im Laufe der Reportage wurde dann davon berichtet, dass man eine große Anzahl von Bergmännern gerettet hätte.

Der Kamillentee tat Lars nicht so wirklich gut. Der Bericht aus dem Fernseher schlug ihm erst recht auf seinen empfindlichen Magen. Er verglich, im Geiste, ein Bergwerk mit dem Tunnel zur Bank. Mit großem Schrecken stellte er dann wirklich einen entscheidenden Unterschied fest. Er war der Meinung, dass es niemals völlig ausgeschlossen sei, dass so ein unterirdisches Bauwerk einstürzen könnte. Aber der große und vielleicht auch der entscheidende Unterschied war wohl dieser: Wenn in einem Bergwerk ein Stollen einbrechen sollte, dann gibt es auch immer Leute, die außerhalb dieser Grube sind, die auf der einen Seite wissen was passiert ist und die andererseits eine Rettungsaktion anleiern können. Bei dem Tunnel zur Bank aber, da wusste außerhalb des Bauwerkes doch keine Menschenseele, dass da unter Tage gearbeitet wurde. Und wenn von einem Unfall niemand etwas weiß, dann kümmert sich natürlich auch keiner um die Rettung der Verschütteten. Lars lief es wirklich eiskalt den Rücken hinunter. Er malte sich aus was dies für ein ekelhaftes Gefühl sein müsste: Man muss es sich einmal wirklich vorstelle, dass man in einem Tunnel gefangen ist und alle Fluchtwege sind mit Geröll versperrt. Auf eine Rettung braucht man in so einer Situation nicht groß zu hoffen. Als mögliche Alternativen blieben einem nur, dass man entweder ersticken oder den Hungertod erleiden müsste. Lars kam zu der Erkenntnis, dass solche Aussichten nicht mit allem Geld der Welt ausgeglichen werden könnten. Ein langes Leben in Bescheidenheit ist doch viel mehr wert, als wie ein sehr kurzes Leben als ein (fast) reicher Mann. Man konnte in diesem Moment noch nicht sagen, dass es Lars wirklich bewusst war, dass er sich mehr um religiöse Dinge kümmern sollte. Aber wenn er ganz ehrlich zu sich selbst gewesen wäre, dann hätte er durchaus erkennen können, dass er dieses Verlangen ganz tief in seinem Inneren schon eine Weile verspürte. Und daran war seine Freundin Tina nicht so ganz unschuldig gewesen. Lars hatte nicht mehr den Kopf dazu um noch weiterhin in den Fernseher zu starren. Irgendwie nervte ihn dieser Apparat nur noch. Er konnte dem Inhalt der Sendung nicht mehr folgen, der Kopf schwirrte ihm, als ob sich ein Schwarm Bienen dort eingenistet hätte. Er überlegte sich, wie er die Zeit am besten überbrücken könnte, bis seine Lebensgefährtin von der Arbeit zurückkäme. Seine Gedanken kreisten um seinen Kumpel Marius, dieser hatte doch eigentlich noch nie wirklich eine Arbeit gehabt. Ja so mal für eins oder zwei Tage hatte er, hin und wieder, eine Arbeit besessen, dann wurde er aber schon sehr bald, wegen chronischer Arbeitsunlust auf die Straße gesetzt. Aber so wirklich richtig mit Ruhm hatte sich Lars, in der Welt der Werktätigen, bis jetzt auch noch nicht bekleckert. Er hatte auch schon immer von den Früchten gelebt, die andere Menschen, mehr oder weniger, für ihn miterarbeitet hatten. Und so im Laufe der Zeit hatte er eine Strategie entwickelt, wie man in diesem System einigermaßen gut leben konnte, ohne dass man dafür wirklich viel Leistung erbringen musste. Erst seit er mit Tina zusammen war, bekam er den ersten Druck zu spüren, einen Druck, der ihm klarmachen sollte, dass er sich mal um seinen Lebensunterhalt selbst kümmern sollte. Natürlich hatte er zuerst Tina dafür ausgelacht. Hatte sie doch selbst keinen Job anfangs besessen. Aber sie hatte sich im Gegensatz zu ihm, wirklich und ehrlich um eine Arbeit bemüht.

Lars malte sich im Geiste aus, was wohl aus ihm geworden wäre, wenn man ihm das Geld von der Agentur für Arbeit ersatzlos gestrichen hätte. Wenn Tina nicht gewesen wäre, dann hätte er ja nie auf die Einladung zum Vorstellungsgespräch der Firma SHA.AG. geantwortet, geschweige davon, dass er dort überhaupt hingegangen wäre. Er stellte fest, dass Tina ihm sehr gut tat. Ohne seine Freundin würde er immer irgendwie tiefer sinken. Vielleicht käme es soweit und er könnte möglicher Weise irgendwann auch einmal seine Wohnung verlieren, weil er nicht mehr in der Lage gewesen wäre, die Miete zu bezahlen. So würde er, früher oder später, auf der Straße landen. Wenn Lars, wie man so schön sagt, nichts wusste, aber dass er nicht als ein Obdachloser enden wollte, dies wusste er wohl sehr genau. Er überlegte wie er Tina etwas Gutes tun konnte. Er dacht eine Weile nach, worüber sie sich wohl ganz besonders freuen würde. Natürlich, da fiel ihm etwas sehr passendes ein, er könnte ihr ja einmal ein gutes Mittagessen zubereiten. Leider konnte er selbst nicht so besonders gut kochen. Er schaute einfach einmal in dem Küchenschrank nach, ob da irgendwelche Essensvorräte vorhanden waren, und da entdeckte er wirklich eine Dose, deren Etikett einen leckeren Gemüseeintopf versprach. „Da haben wir ja genau das Richtige gefunden.", rief er freudig aus. Er schaute kurz einmal auf die Uhr und murmelte vor sich hin: „Wenn ich die Dose jetzt in einem Wasserbad erwärme, dann müsste unser Festmahl fertig sein wenn meine Königin nach Hause kommt." Und genau so machte er es auch. Einer seiner Kumpels hatte ihm vor langer Zeit den Rat gegeben: Wenn sich das Etikett von der Dose löst, dann ist hat der Inhalt genau die richtige Esstemperatur. Lars überlegte sich, dass ein schön gedeckter Tisch, heute einfach ein Muss wäre. Als dann später Tina zur Tür hereinkam, staunte sie nicht schlecht. „Das ist ja so toll von dir, mich mit einem warmen Mittagessen zu überraschen. Das ist so lieb von dir. Das ist ja eine Seit die an dir noch gar nicht gekannt habe." Lars war auch ganz glücklich darüber, dass seine Idee so gut bei Tina angekommen war. Zuerst aßen sie den Eintopf bis zum allerletzten Rest leer, danach wollte Tina wissen, wie denn ihr Freund den Vormittag so verbracht habe. Lars wollte seiner Lebensgefährtin lieber nicht so genau sagen, wie er den Vormittag verbracht hatte. Er schob auf einmal seine neu entdeckte Rolle als Hausmann in den Vordergrund. Er blickte mit sehr ernster Miene über den Tisch, und meinte: „Irgendwie ist es doch komisch, man hat kaum ein paar Minuten dazu gebraucht um dieses Mahl wegzuschlemmen, aber wie viel Zeit für die Vorbereitung, aber auch für das Aufräumen und Saubermachen verloren geht , die steht dazu in gar keinem Verhältnis."

„Nun wie auch immer.", meinte Tina „Jetzt musst du doch nicht sofort alles aufzuräumen. Nun sag mir doch erst einmal, was du heute denn schönes gemacht hast. Irgendwie bist du so anders als sonst. Ist heute vielleicht etwas Außergewöhnliches vorgefallen? Also sei doch bitte so nett und mach es nicht so ungeheuer spannend, erzähl mir doch ganz einfach was los ist. Aufräumen können wir dann später gemeinsam. Zu zweit geht dies ja auch viel schneller." Lars merkte dass der Druck, der auf ihn lastete, immer mehr an Stärke gewann. Er wollte, aus verständlichen Gründen, Tina nicht in die volle Wahrheit einweihen. Sie würde aber, bevor sie nicht eine überzeugende Antwort bekam, keine wirkliche Ruhe geben. Wenn sie aber die ganze Wahrheit erfahren würde, dann bekäme er ihren vollen Ärger ab, denn er kannte ja ihre Einstellung, wenn es um Gesetz und Ordnung ging. Tina würde dann ihren Lars, ewig lange Vorträge über Moralvorstellungen und Anständigkeit halten. Darauf hatte er wirklich keine Lust gehabt. Er meinte ausweichend, dass man den Tisch nicht so lassen könnte, er könnte doch an so einem Tisch nicht gemütlich sitzen bleiben, auf dem noch deutlich die Reste des Mittagsessen kleben würden. Er wolle doch erst einmal für Ordnung sorgen, denn an einem schmutzigen Tisch, wäre eine gemütliche Atmosphäre überhaupt nicht denkbar. Lars setzte ganz fest auf eine Verzögerungstaktik. Er meinte nach einer gewissen Weile, wären für Tina andere Schwerpunkte wichtig, über die sie dann gerne reden würde und das unangenehme Thema wäre dann ganz spurlos zusammen mit dem ganzen Dreck auf dem Tisch verschwunden. Tina merkte aber wiederum, dass ihr Freund nicht davon abzubringen war, dass er den Tisch und natürlich auch die Küche zuerst aufräumen würde, bevor er einer ihrer Fragen beantworten täte. Deshalb half sie ihm schnell bei dieser

Arbeit, nachdem dann alles blitzblank sauber war, fing sie noch einmal mit dem unterbrochenem Thema an, aber diesmal fing sie die Sache etwas geschickter an. „Gell, du warst heute Morgen bei Marius. Wie kommt er denn mit der Renovierung des Hauses voran? Renovierung ist glaube ich nicht ganz das richtige Wort. Es ist doch eher fast ein Neubau, er möchte doch unterirdischen neuen Wohnraum schaffen? Weißt du was? Wir gehen einmal gemeinsam dort hin, denn ich würde mir dies sehr gerne einmal ansehen. Solche Bauarbeiten finde ich nämlich hochinteressant." Lars wollte seine Freundin von diesem Plan abbringen, er gab zu, dass er vormittags wirklich dort gewesen war. Er meinte weiter, dass Marius Besucher auf seiner Baustelle gar nicht so gerne sehen würde. Wie Tina schließlich wüsste, handelte es sich dort um eine nicht genehmigte Baustelle. Marius wollte, aus diesem Grund, so wenig wie möglich Aufsehen erregen. Lars erzählte auch von der einen Nachbarin, die Frau Saalfeld, die wirklich verdammt neugierig wäre. Man könnte da nie sagen, wie solche Leute reagieren, wenn sie mehr in Erfahrung bringen würden als wie sie unbedingt wissen müssen. Tina versicherte, dass von ihr kein Mensch etwas erfahren würde. Lars aber meinte darauf: „Solche Leute, die können oft viel mehr erraten als wie man sich dies beim besten Willen je vorstellen könnte. Wenn da unnötiger Besuch in diesem Haus stattfindet, dann wird die Aufmerksamkeit dieser Tante nur ganz unnötig auf Dinge gelenkt, die sie wirklich nichts angehen."

„Aber von mir wird doch niemals ein Mensch irgendetwas erfahren.", versicherte Tina mit erregter Stimme noch einmal. Lars versuchte ihr dann zu erklären, dass solche Leute, um ihre Neugierde zu befriedigen fast alles Denkbare tun würden. Man müsste sich nur einmal überlegen, dass eine Tür mal nicht richtig ins Schloss fällt und dadurch einen Spaltbreit aufstehen bleibt und schon könnte diese Dame dort, wo sie wirklich überhaupt nichts zu suchen hätte, auftauchen. Sie würde dabei die Baustelle entdecken und alles sehr schnell weitererzählen, oder vielleicht auch noch mit der Behörde Telefonieren. Schweren Herzens musste nun Tina dies natürlich einsehen. Aber sie bearbeitete ihrem Lars weiter, so dass er wenigsten einmal mit ihr durch diese Straße laufen würde. Zwei Leute die einfach einmal spazieren gehen, die können doch beim besten Willen keine Art von Aufsehen erregen. Dagegen konnte Lars auch nichts mehr vorbringen, jeder weitere Widerstand hätte nur das Misstrauen seine Lebensgefährtin erregt. Und diese meinte: „Jetzt gehen wir zwei gleich einmal los, und machen einen wunderschönen Verdauungsspaziergang."
Lars gefiel diese Sache zwar nicht ganz so gut, aber ihm fiel auch nichts ein, was er dagegen

machen sollte. Er meinte, dass dies gerade noch ebenso vertretbar wäre, einen Spaziergang mit Tina durch die Alte Ochsengasse zu machen. Und so machten sie sich auch gleich auf den Weg zu der Baustelle des geheimen Tunnelbaues, von dem Tina nichts wissen durfte. Hoffentlich wird dies zu keinem Reinfall für mich, dachte sich Lars.

Sie verließen die Wohnung, Tina zog die Wohnungstür hinter sich ins Schloss, sie überlegte ob sie die Tür zusätzlich abschließen sollte und kam sobald zu dem Schluss, dass es nichts schaden könnte, wenn man die Tür richtig verriegeln würde. Sie sah ihren Freund an und meinte: „Sag mal wie kommen wir denn da am Besten hin?"

„Wohin?", fragte Lars so halb in seinen Gedanken versunken.

„Sag mal Lars, schläfst du mitten am Tag? Du weißt sehr wohl wohin wir gehen wollen. Du warst ja schon mehr als einmal dort gewesen, ich dagegen war ja noch niemals da gewesen. Ich weiß ja noch nicht einmal welche Richtung ich einschlagen müsste, wenn ich jetzt alleine losgehen würde."

„Wir müssen zur Alten Ochsengasse."

„Wie heißt das noch einmal? Ich glaube ich habe mich gerade verhört." Tina war sichtlich erheitert über diesen Straßennamen. Lars dagegen zog die

Augenbrauen hoch. „Nein, mein Schatz, du hast dich nicht verhört. Warum diese Straße so heißt, das weiß ich auch nicht, aber es ist schon ein ordentliches Stück, von hier nach dort."

„Müssen wir laufen, oder fährt ein Bus in diese Richtung?" Lars machte ein gequältes Gesicht und meinte: „Mit dem Laufen habe ich es nicht so. Wir können vielleicht mit dem Bus fahren, der 47.er bringt uns fast vor die Haustür. Wir haben dann nur noch einen kleinen Fußweg von ungefähr drei Minuten."

Auf Tinas Gesicht erstrahlte ein Lächeln. „Jetzt stellt sich nur noch eine Frage: Wann genau fährt der nächste Bus von hier eigentlich ab?"

„Bin ich denn ein laufendes Lexikon? Ich weiß ja schon so ein paar Dinge, aber den Fahrplan der Busse, in unsere Region, habe ich wirklich nicht auswendig gelernt." Tina hakte sich bei ihm unter und redete besänftigten auf ihn ein. „Das kriegen wir schon irgendwie geregelt. Es kann doch nicht so lange dauern bis der nächste Bus unsere Haltestelle, hier in dieser Straße anfährt."

„Dein Optimismus möchte ich auch einmal haben, wenn wir Pech haben, dann ist der Bus gerade weg und wir stehen eine ganze Stunde auf der Straße herum. Das ist etwas, was sich für mich nicht besonders verlockend anhört." Tina winkte nur ab, sie meinte, dass es bestimmt nicht ganz so schlimm käme. Lars waren alle Argumente ausgegangen, er ließ sich von Tina, mehr oder weniger, an die Bushaltestelle ziehen. Wenn Tina etwas wollte, dann kam er sehr selten dagegen an. „Das glaube ich aber jetzt wirklich nicht!", rief Tina laut aus. An der Haltestelle stand schon der Bus. „Auf, auf, komm wir müssen rennen.", gab Tina etwas lauter, als wie es unbedingt nötig gewesen wäre, von sich. Sie rannten los und Lars, bei dem sie noch eingehakt war, der musste, ob er wollte oder nicht, einfach mitrennen. Noch bevor die Zwei die Haltestelle erreichen konnten, fuhr der Bus auch schon los. Tina rief sehr verärgert, dem Bus etwas nach, was wir lieber nicht wiederholen möchten. Doch dann geschah etwas, womit beide niemals gerechnet hätten. Der Bus blieb auf der Fahrbahn einfach stehen. Der Busfahrer hatte die Zwei in seinem Rückspiegel entdeckt, er wollte ihnen nicht zumuten, dass sie eine ganze Stunde an der Haltestelle warten müssten. Tina und Lars eilten zum Bus und stiegen ein. Tina meinte, dass der Fahrer, türkische oder aber auch vielleicht arabische Wurzeln haben müsste. Dieser lächelte die Zwei an und meinte, in hessischer Mundart: „Das war aber knapp, ich habe sie beinahe übersehen." Tina und Lars bedankten sich bei dem aufmerksamen und netten Fahrer, sie lösten ihre Tickets und waren ungefähr nach zwölf Minuten an ihrem Ziel angekommen.

„Diese Gegend ist aber sehr nett.", sagte Tina. „Ich glaube dass ich mir sehr gut vorstellen könnte, hier in dieser Straße zu wohnen."
„Ach das ist doch viel zu weit weg von allem was man so braucht, hier gibt es doch fast gar nichts. Wenn man hier kein stolzer Besitzer eines Autos ist, dann ist man hier doch regelrecht so etwas wie ein Gefangener. Du hast ja selbst gesehen wie das mit dem Bus funktioniert, der kommt nur einmal in der Stunde und abends stellt er ab einer bestimmten Uhrzeit den Pendelverkehr komplett ein.", gab Lars ihr zur Antwort. Tina wollte jetzt endlich das Haus sehen, in dem Marius angeblich den großen Umbau vornehmen wollte. Lars dem die ganze Sache immer noch nicht so richtig gefiel, schärfte ihr aber noch einmal ganz deutlich ein, dass sie nur auf der gegenüberliegenden Straßenseite an dem Haus vorbei gehen wollten. Es sollte nämlich nicht irgendjemand von der Nachbarschaft, so rein durch Zufall mitbekommen, dass sich hier zwei Leute für ein ganz bestimmtes Haus interessieren würden. Tina willigte noch einmal, mit eifrigen Kopfnicken, dazu ein. „Schau doch mal Lars, hast du das schon gesehen, hier gibt es sogar eine kleine Bankfiliale. Das ist doch eine ganz praktische Sache. Heute findet man ja ganz selten so kleine Bankfilialen, alles muss immer größer werden und alles muss immer zentraler gelegen sein. Wenn wir wirklich hier wohnen

würden, dann wären wir bestimmt auch Kunden von dieser Bank, das böte sich doch ganz von selbst an."

Lars meinte dazu: „Komm wir wollen einfach mal bis zu dieser Bank gehen, und tun einfach mal so als ob wir uns für die Angebote interessieren würden, die da in dem Schaufenster der Bank angebracht sind."

„Ja das wollen wir tun. Banken verkaufen doch gerne auf diese Art und Weise Häuser, vielleicht finden wir sogar ein Angebot darunter, welches wir uns bequem leisten könnten, wenn du deine ersten Lohn von der SHA.AG bekommen hast."

„Ich weiß nicht ob ich da gleich ein so großes Gehalt bekomme, dass wir sofort ein Haus davon kaufen können."

„Nun stell dich nicht gleich so an, man wird doch mal einen Traum haben dürfen.", meinte Tina gutgelaunt. Als dann die Beiden vor der Bank standen, meinte Lars: „Hier im Schaufenster kannst du das Haus von gegenüber, als Spiegelung wunderbar erkennen. Dies ist das Haus, in dem Marius zurzeit arbeiten tut." Tina drehte sich um und stellte sogleich fest, dass sich das gesamte Grundstück in einen sehr ungepflegten Zustand befand. „Schau doch nur, der Vorgarten ist doch der reinste Urwald, da hat ja seit langer Zeit keiner mehr etwas in Ordnung gebracht!", rief Tina aus.

„Ach der wird bestimmt auch sehr bald in Ordnung gebracht werden. Eins nach dem Anderen, erst das wichtigste, die Kellerräume und später dann auch der Garten.", erwiderte ihr Lars. Tina lächelte und meinte dann nur so rein scherzhaft, dass es bei schlechtem Wetter oder auch im Winter bei Eis und Schnee, nicht verkehrt wäre, wenn es unter der Straße einen Tunnel von dem Haus zur Bank gäbe, dann könnte man schnell und das ohne Jacke zur Bank gelangen. Tina meinte dies natürlich nur als Scherz aber Lars hatte so ein unangenehmes Gefühl, als wenn ihn jemand mit der Faust, in den Magen geschlagen hätte. Er wurde ganz blass im Gesicht und beide Knie wurden ihm mit einem Schlag ganz weich und zittrig. Tina hatte natürlich keine Ahnung, dass sie mit ihrem Witz, genau ins Schwarze getroffen hatte. Aber sie bemerkte, dass Lars mit einmal so blass geworden war. Als sie ihn darauf ansprach, meinte er: Dass er sich nicht all so blendend fühle und er gerne nach Hause gehen möchte. Lars war nur noch mit einem einzigen Gedanken beschäftigt und dieser war folgender: Was weiß Tina wirklich?

Während Lars und Tina an der Haltestelle auf den nächsten Bus warteten, der sie wieder nach Hause bringen sollte, arbeiteten drei Männer ganz fleißig an ihrem Tunnelprojekt. Marius Mosfeld war der Kopf des Unternehmens und Dennis Hartmann sowie auch Joachim Keller waren für die grobe und auch sehr schwere Arbeit vorgesehen, aber Marius unterstützte seine beiden Kumpels dennoch kräftig, gerade dann wenn einer von ihnen eine Pause brauchte.

Dennis sagte, mehr scherzhaft als dass er es wirklich ernst meinte mit einem Lächeln im Gesicht, zu Joachim: „Du Jo, was denkst du, wann werden wir mit den Tunnel fertig werden? Diese Woche? Dieses Jahr?"

„Das kann ich dir wirklich nicht sagen.", gab ihn Joachim zur Antwort.

„Also ich beschäftige mich schon, seit den ersten Spatenstich, mit Frage: Wann und wie können wir denn so ganz genau erkennen, dass wir wirklich unter dem Keller der Bank angelangt sind?"

„Ach Dennis, lass das doch ruhig die Sache von Marius sein. Der hatte auch die Idee, der hatte auch die ganze Vorbereitung des Unternehmens eingeleitet. Wenn nicht er, wer sollte denn dann noch den Durchblick hier haben. Mir persönlich reicht es vollkommen aus, dass da einer ist, der alles fest im Griff hat. Mir langt es völlig, wenn einer, zu dem ich ganz großes Vertrauen habe, mir sagt was ich zu tun und zu lassen habe."

Marius hatte, ohne es wirklich zu wollen, die Unterhaltung seiner zwei Kumpels mitbekommen. Er freute sich natürlich, dass ihm Jo, sein Vertrauen ausgesprochen hatte. Natürlich konnte Joachim nicht wissen, dass Marius das Gespräch mitbekommen hatte, und genau deshalb war ja Marius der Meinung, dass Jo hier das sagte, was er auch wirklich dachte. Natürlich hatte Marius seine Vorbereitungen getroffen, er hatte auch dafür gesorgt, dass das ganze Unternehmen nicht in die Irre ging. Um das Werkzeug, für das Meisterwerk deutscher Bergmannskunst, brauchte er sich ja nicht zu kümmern, dies hatte schließlich der gute Joachim besorgt. Dennoch war Marius im nahegelegenem Einkaufszentrum gewesen, er meinte, dass er so auf neue, auf frische und unverbrauchte Ideen kommen würde. Einfach dadurch, dass er sich das Angebot in den Regalwänden genauer ansehen würde. Ein brauchbares Teil, welches ihm bei seinem Vorhaben nützliche Dienste leisten könnte, suchte er, und so ein Teil das ihm nützlich erscheinen würde, müsste ihm dann auch sofort ins Auge springen. Und genau so kam es dann auch. In dem einem Geschäft, welches auch eine kleine Abteilung für Sportler hatte, fand er eigenartige Lampen, die man sich auf den Kopf, besser gesagt an die Stirn mit Hilfe eines Gummibandes binden konnte. Er sah nämlich in letzter Zeit öfters mal einen Jogger, der so ein Teil, abends in der Dunkelheit trug. In der

Haushaltsabteilung fand er eine Rolle Kordel, die ihm auch sehr nützlich erschien und zum Schluss hatte er in einem Spielwarenregal einen Kompass, für weit unter einem Euro, entdeckt. Auf folgender Weise, setzte er seine neu erworbenen Spezialwerkzeuge ein. Die Kordel band Marius an das Fallrohr der Regenrinne und lief dann abends über die Straße bis zum Bankgebäude. Er zog die Schnur straff, und flocht kunstvoll einen Knoten als Markierung in die Kordel. Später rechnete er noch zu seiner so ermittelten Strecke, zweimal zwei Meter dazu. Er überlegte sich, dass dies nun die ganz genaue Strecke, von dem einem Keller zu dem andern Keller sein müsste. Mit dem Kompass wollte Marius verhindern, dass er vom Kurs abweichen würde. Er stellte sich vor das Haus, in dessen Keller der Tunnel beginnen sollte. Er richtete den Kompass genau aus, genauso wie es in der mitgelieferten Bedienungsanleitung gestanden hatte, und dann markierte er mit einem Filzstift die genaue Position des Bankhauses. Er dachte sich: Was auf hoher See fehlerlos funktionieren tut, dieses muss ganz zwangsläufig auch auf dem Land klappen. Und die Lampen die man sich auf den Kopf setzen konnte, die hatten in der Zwischenzeit, dem Trio, schon unschätzbare Dienste geleistet. Marius hätte auch nicht gewusst wie er auf andere Weise Licht in den Tunnel bekommen sollte. In dem Haus funktionierte der Strom nicht mehr und das

Wasser war anscheinend auch schon lange von den Stadtwerken abgestellt worden. In einem unbewohnten Haus konnte man auch nicht unbedingt erwarten, dass die Stadt alle Medien, Gas; Wasser; Strom, eingeschaltet ließ. Aber dennoch lief es für Marius besser als er es zuerst geglaubt hatte. Nach seinen genauen Berechnungen müssten sie am nächsten Tag, das Ziel ihrer unterirdischen Reise erreicht haben. Sie arbeiteten sich viel leichter und schneller, als sie je gedacht hätten, durch das Erdreich. Es zahlte sich halt für die Drei aus, dass sie kaum eine Pause machten, und wenn, dann nur immer einer von ihnen. An dem Tunnel wurde also ohne wirkliche Unterbrechung geschuftet.

Marius dachte sich, es wäre eine gute Idee, wenn sie um 19:00 Uhr in den Keller der Bank einstiegen. Um diese Zeit wäre schon lange kein Mitarbeiter mehr in der Bank, und so hätten sie die ganze Nacht ungestört vor sich und dies sollte doch für so eine kleine Bank, mehr als genug Zeit sein. In dieser Zeit hätten sie ganz locker die Schätze, die sie in der Bank vermuteten, in Sicherheit gebracht. Also Marius war mit sich selbst und mit dem Verlauf des Unternehmens sehr zufrieden.

10.)

Woher kommt der gewaltige Krach

Lars hatte auf dem Heimweg kein besonders gutes Gefühl gehabt. Es quälte ihn die Unsicherheit, denn er hatte ja keine Ahnung davon gehabt, was Tina nun wirklich über das Tunnelprojekt wissen konnte, oder was sie so rein zufällig erraten hatte. Er würde auf der einen Seite Tina gerne die volle Wahrheit sagen, aber auf der anderen Seite hatte er doch gewaltige Angst vor ihrem Zorn gehabt. Er musste schließlich auch bedenken was das für Folgen für Marius, Joachim und Dennis gehabt hätte. Tina würde bestimmt nicht abwarten bis die drei Herren ihr Werk vollendet haben, sie würde sich bestimmt etwas einfallen lassen. Und wenn Tina einen Plan schmieden würde, dann würde Lars, mit sehr großer Sicherheit, eine wichtige Rolle darin einnehmen. Eine Rolle, die er beim besten Willen, niemals freiwillig übernehmen täte. Aber was bliebe ihm bei seiner Freundin schon groß an Alternativmöglichkeiten? Als er und Tina dann endlich zuhause angelangt waren, ist ihm aufgefallen, dass Tina nicht weiter auf den Tunnel eingegangen war. Vielleicht sollte das Ganze wirklich nur ein Witz gewesen sein, ein Witz der aber bei ihm überhaupt nicht lustig angekommen war. Tina wollte etwas für das Abendbrot vorbereiten, er aber hatte überhaupt keinen

Appetit gehabt. Wenn er nur an Essen dachte, wurde es ihm gleich wieder ganz übel. Er verkündete Tina, dass es ihm nicht besonders wohl sei und er aus diesem Grund sich lieber gleich in sein Bett legen wolle. Lars schlief zwar bald ein, aber ein erholsamer Schlaf war das bei Leibe wirklich nicht gewesen. Er hatte einen fürchterlichen Albtraum: Lars fand sich in seinem Traum in dem Tunnel wieder. Jetzt war er aber die treibende Kraft, die dieses Projekt zum baldigen Abschluss bringen wollte. Marius, Dennis und Joachim wollten schon gar nicht mehr in die Tunnelröhre hineinsteigen, sie hatten Angst davor, dass beim nächsten LKW das ganze Bauwerk in sich zusammen krachen würde. Lars war jetzt derjenige gewesen der lachte. Er kritisierte in seinem Traum seine drei Kumpels, er meinte dass sie ganz große Angsthasen wären die sich immer gleich in die Hosen machten, wenn es nur im Entferntesten nach Gefahr rieche. Weiter meinte er, dass er den Plan auch ganz alleine zu Ende bringen wolle, denn Männer wie er, die würden das Wort Angst nicht kennen. So kam es, dass Lars in seinem Traum ganz alleine in dem Tunnel arbeitete. Es rumpelte ganz ordentlich dort unten, wenn mal wieder ein Lastwagen vollbeladen mit Bauschutt über ihn hinweg polterte. Es dauerte nicht mehr lange und es kam, was zwangsläufig kommen musste. Ein LKW war wohl zu schwer beladen gewesen und der Tunnel brach unter dessen Gewicht, in sich selbst, zusammen. Lars befand sich in einer Ecke des Tunnels, die den Einsturz standgehalten hatte. Er musste aber mit Entsetzen feststellen, dass ihm der Ausgang, aus dieser unterirdischen Höhle, versperrt war. Er war ein Gefangener des Tunnelprojektes. Da nahm er seine Schaufel in die Hand und fing an zu graben, wie ein Besessener. Noch bevor sich Lars aus seiner lebensgefährlichen Situation erretten konnte, wachte er auf und stellte fest, dass dies alles nur ein blöder und doofer Albtraum gewesen war. Er war so geschwitzt, dass man gut glauben konnte, dass er ins Wasser gefallen war. So richtig fest Schlafen konnte er in dieser Nacht wirklich nicht mehr.

Tina hatte am nächsten Morgen das Frühstück vorbereitet und wollte nun ihren Lars wecken. Dieser aber lag schon lange wach im Bett. Er hatte zwar die ganze Zeit die Augen nicht aufgemacht, so musste Tina annehmen, als sie aufgestanden war, ihr Schatz würde noch tief und fest schlafen. Lars hatte durchaus schon mitbekommen, dass sie das Bett verlassen hatte. Er hing, zumindest geistig gesehen, den vergangenen Tag nach, denn dieser steckt ihm noch sehr tief in den Knochen. Dies war für ihn ein ernsthafter Schock gewesen. Zuerst wollte Tina unbedingt die Örtlichkeit sehen, an der er und seine Kumpels eine kriminelle Tat vorbereiteten, oder besser gesagt, schon mitten dabei waren. Des Weiteren sprach seine Freundin davon, wie praktisch sie doch so einen Verbindungstunnel finden würde, der zur Bank führte. Er wusste bis jetzt noch nicht, wie er die Anspielung seine Lebensgefährtin einordnen sollte. Aber das mit Abstand Schlimmste war sein Traum gewesen, den er in der vergangenen Nacht durchlebte. Er war noch immer am Zittern und das vom Kopf bis zu den Füßen. In seinem Traum war er in dem Tunnel gefangen gewesen. Ein LKW hatte den gegrabenen Schacht zum Einstürzen gebracht und dann saß er ganz mutterseelenalleine unter der Erde. Er erinnerte sich nun wieder an einen Fernsehbericht, der vor einiger Zeit gesendet wurde, über diesen Bericht hatte damals noch kräftig Lachen können. Dies sah er aber an diesem Morgen, von einer ganz anderen, einer sehr unangenehmeren Seite. In diesem Bericht ging es nämlich darum, dass es Menschen geben sollte, die eine ganz große Panik davor hätten, man könnte sie versehentlich für Tod erklären, und sie dann quasi, im Zustand des Scheintodes, beerdigen. In diesem Bericht ging es darum, dass da irgendwo auf der Welt ein Friedhof geben sollte, wo man sich ein funktionsfähiges Telefon in den Sarg legen lassen konnte. Wenn man nun wirklich lebendig begraben wurde, und man würde wieder aus dem todesähnlichen Zustand erwachen, dann könnte man in aller Ruhe telefonieren und man war innerhalb von kürzester Zeit aus dieser unangenehmen Lage befreit. Ja damals konnte Lars noch über so etwas lachen, seit der vergangenen Nacht lachte er nicht mehr darüber. Sein Traum war für ihn so real gewesen. Jetzt wusste er wie es sich anfühlte, wenn man lebendig begraben wird. In so einer Situation, wie er sie in seinem Traum erlebt hatte, da konnte man sich nur wünschen, dass man ein funktionierendes Telefon vorfinden würde.

Nach mehrmaligen Weckrufversuchen, von Tina die sich gerade in der Küche aufhielt, meinte Lars, dass es ihm nicht schaden könnte, wenn er nun aufstünde. Er dachte sich eine Tasse Kaffee müsste ihm, nach so einem Albtraum, gut tun. Tina, die nicht wusste was mit Lars wirklich los war, meinte dass er so etwas wie eine Grippe bekam. Sie wollte an diesem Tag nicht zu ihrer Arbeit gehen, sie sah es als ihre Pflicht an, ihrem Freund heute eine gute Krankenschwester zu sein. Dieser war aber damit nicht wirklich einverstanden, er würde nämlich lieber ein paar Stunden alleine bleiben und dann in aller Ruhe nachdenken. Er wollte Nachdenken über alles was so in den letzten Tagen auf ihn eingeprasselt war. Er wollte sich mal wirklich ernsthafte Gedanken darüber machen, wie sein Leben nun wirklich weitergehen sollte. Und dazu brauchte er absolute Ruhe, damit die Gedanken wirklich gut ins Fließen kommen konnten.

Er musste die ganze Kunst seiner Überredungsvielfältigkeit anwenden, bis seine Freundin endlich davon überzeugt war, dass sie mit ruhigen Gewissen ihre Arbeitsstelle aufsuchen konnte. Als Lars dann alleine war, da wollten ihm nicht sofort die richtigen Gedanken durch den Kopf laufen. Er lief einfach durch die Wohnung von dem einem Raum zum nächsten, als hin und her. Irgendwann meinte er, dass er sich mal auf das Sofa im Wohnzimmer setzen musste, es dauerte auch nicht besonders lange, da lag er auch schon bequem und ausgestreckt auf der Couch. Er meint, er müsse jetzt einmal Bilanz von seinem bisherigen Leben ziehen. Früher hatte er sich selbst überhaupt nicht kritisch beurteilt. Er war immer der Meinung gewesen: Mein Bauch ist mein Gott. Er war sich nicht sicher, aber so etwas Ähnliches müsste auch in der Bibel stehen. Wenn er das einmal irgendwo gehört hatte, dann konnte dies nur von Tinas Seite her kommen. Aber er musste in diesem Moment zugeben, dass er nach dieser Lebensphilosophie bis vor wenigen Tagen noch gelebt hatte. Ohne den Druck, den er von Tina bekam, würde er wohl noch für alle Ewigkeit so weiterleben wollen. Er war wirklich der Auffassung gewesen: Was mir persönlich guttut, das ist für mich auch Göttlich. Wenn er heute, nach den Erlebnissen der letzten Tage, ganz neu über sein Leben nachdachte, dann wurde ihm schon sehr bald klar, dass er Einiges an seiner momentaner Lebenssituation ändern musste. Dank seiner Freundin war ja auch schon Einiges ins Rollen gekommen, in wenigen Tagen würde er eine feste Arbeit aufnehmen, mit einem festen und regelmäßigen Gehalt. Wenn er nur daran dachte, dass ihn Marius beinahe in so ein kriminelles Ding verwickelt hätte. Er konnte nicht sagen, wie er reagiert hätte, wenn er in dem Tunnel keine Angst bekommen würde. Wenn dann in der vergangenen Nacht nicht noch zusätzlich dieser Albtraum gewesen wäre. Er wüsste nicht, was er ohne die Erfahrung der letzten Tage machen sollte. Er dachte sich: In den Keller der Bank hinein zu kommen ist eine Sache. Dort wirklich so viel Geld vor zu finden, damit vier Leute wirklich reich würden, das schon wieder eine ganz andere Sache. An eine Möglichkeit hatte bis jetzt überhaupt noch nicht gedacht: Er könnte schließlich von der Polizei erwischt werden. Wenn er ehrlich war, dann musste er sich eingestehen, dass er niemals einen guten Krimi im Fernseher gesehen oder als Buch gelesen habe, wo nicht zuletzt doch die Polizei gewonnen hätte. Je mehr er darüber nachdachte, umso mehr gewann er die Überzeugung, dass Tina mit ihrer christlichen Einstellung doch Recht haben muss. Es müsste doch da Oben etwas geben, wie man es auch immer nennen wollte, und dieses Etwas passte auf ihn auf. Es versuchte ihn zu lenken, und ihn auf die richtige Bahn zu schieben. Nachdem sich

Lars dies alles durch seinen Kopf gehen ließ, und von allen Seiten beleuchtet hatte, da kam er zu dem Schluss: Er musste nun wirklich einen dicken Schlussstrich unter sein bisheriges Leben ziehen. Ab sofort wollte er ein anderes Leben beginnen. Er war sich sicher, wenn er den Neuanfang auf die lange Bank schiebe, dann täte sich alles wieder im Nichts verlaufen. Er wusste, wenn er etwas ändern wollte, dann musste er heute damit anfangen. Den Anfang wollte er damit beginnen, dass er Tina alles über das Tunnelprojekt erzählte. Er war davon überzeugt, dass sie ihm wohl einen riesen Zirkus machen wird, aber da musste er jetzt wohl oder übel durch. Er dachte sich, wenn er Tina wieder mit einem warmen Mittagessen überraschte, dann würde es bestimmt nicht ganz so schlimm werden. Gleich darauf war Lars auch schon auf den Weg zum Supermarkt, um ein leckeres Fertiggericht zu besorgen.

Auch an diesem Tag hatte sich Tina riesig gefreut, dass sie mit einem warmen Essen empfangen wurde. Als dann das gute aber dennoch bescheidene Mahl beendet war, sprach Tina ein Thema an, welches Lars schon die ganze Zeit auf dem Herzen lag, er aber nicht wusste wie er es beginnen sollte. Im Geiste hatte er sich das unzählige Male vorgestellt, wie er das alles seiner Lebensgefährtin beibringen sollte. Er hatte sich vor den Spiegel gestellt und es auf verschiedene

Arten ausprobiert. Einmal hatte er es auf ganz cool und lässig versucht, dann hatte er es mit einem unterwürfigen Beigeschmack versucht. Irgendwie fand er es immer ganz toll, aber keine zwei Minuten später dachte er sich: Nein, so kannst du das nicht bringen. Er meinte dann: Vielleicht sollte ich mich ganz natürlich geben. Ja genau, jetzt hatte er es endlich gefunden, er wollte sich natürlich geben. Auch hier dauerte die Freude, über die endlich gefundene Lösung, nur wenige Augenblicke an. Denn er wusste im Moment gar nicht wie das gehen soll, sich ganz natürlich zu geben. Das erinnerte ihn an seinen letzten Besuch beim Arzt. Er sollte eine Impfung in den linken Arm bekommen. Ihm wurde gesagt, dass er den Arm ganz locker lassen solle. Er machte das, was er in diesem Moment, unter den Arm locker lassen, verstand. Der Arzt sagte zu ihm: „Wenn sie den Arm nichtlocker lassen, dann tut die Spritze mehr weh, als wie es unbedingt sein müsste!" Lars hatte nur das kleine Wort Weh gehört, und schon ging es gar nicht mehr. Den Arm locker zu lassen, wie das gehen solle, dies hatte er momentan total vergessen. Er bekam seine Spritze und es tat ihm weh, er gab auch sogleich einen Schmerzenslaut von sich. Der Arzt meinte nur, das hätte er sich ersparen können, wenn er nur das gemacht hätte, was man ihm sagte. Und genauso wie letztens beim Arzt, so fühlte er sich er sich auch diesmal wieder. Er wollte, oder er sollte etwas tun, was eigentlich jeder kann, bloß er konnte dies nicht. Da aber Tina ihren Lars ziemlich gut kannte, so wusste sie auch, dass da etwas war, was nun unbedingt gesagt werden musste. Also bohrte sie solange, bis Lars weich wurde und nicht mehr in der Lage war, ihr wirklich Widerstand zu leisten.

Man kann nicht sagen, dass Lars nun geweint hätte, aber viel hatte da wirklich nicht mehr gefehlt. Er nahm sich nun ein Herz und erzählte ihr alles, was er selbst über dieses Tunnelprojekt wusste. Tina ließ ihn ausreden, ohne dass sie ihn auch nur ein einziges Mal unterbrochen hätte. Ihre Augen wurden beim Zuhören immer größer. Hin und wieder schüttelte sie den Kopf, aber sie sagte nicht das kleinste Wörtchen dazu, sie ließ ihren Freund einfach ausreden. Es sollte alles, unverfälscht, aus ihm heraussprudeln.

Zur selben Zeit, als Tina von der Arbeit nach Hause gekommen war, rief Marius seine zwei Kumpels, Joachim und Dennis, zu sich. Er hatte eine Flasche Sekt in der einen Hand, in der anderen Hand hielt er ein paar buntbedruckte Pappbecher. „ Hört mir mal zu Jungs!", begann er mit seiner kleinen Rede. „Wir haben einen sehr guten Grund zum Feiern. Ob ihr es nun glaubt oder auch nicht, nach meiner genauen Berechnung sind wir in ungefähr einer Stunde am Ziel unsere Bemühungen angelangt. In zirka einer

Stunde sind wir genau unter der Bank, und dann geht es nur noch aufwärts. Ich denke mir dies ist ein toller Grund, dass man mal die Arbeit, Arbeit sein lässt und zur Feier des Tages ein Gläschen Sekt schlürfen sollte." Jo und Dennis klatschten kräftig in die Hände, sie zeigten damit, dass ihnen diese Nachricht mehr als nur gut gefallen hatte. Jo konnte seine Neugierde nicht mehr zügeln, deshalb fragte er auch woher Marius denn dies so genau wissen würde. Er selbst könnte nämlich nicht sagen, wie weit sie noch von der Bank entfernt seien. Marius zeigte ihnen nicht ganz ohne Stolz, seine Messschnur. Er erklärte ihnen mit knappen Worten, wie er die Entfernung bestimmt hatte. Er täte immer mal wieder die Schnur am Tunneleingang, an einem Schraubenzieher festbinden, den er in den Boden gerammt habe. Er würde dann der gegrabenen Strecke entlang laufen, und so immer ganz genau sehen was ihnen noch an der Wegstrecke, zum neuen und reichen Leben, fehlte. „Als ich vorhin bei euch dort unten war, da habe ich wieder einmal nachgemessen, ohne dass ihr es mitbekommen habt. Ich dachte dies müssen wir doch gebührend feiern. Ich bin dann schnell weggegangen und habe diesen Sekt hier besorgt." Die Kumpels klopften ihm kräftig auf die Schulter, danach lobten sich alle gegenseitig. Es hatte da immer mal Momente gegeben, wo sie an den Erfolg ihrer Mission nicht mehr so recht glauben wollten. Jetzt aber war jede Spur eines

Zweifels wie weggeblasen. In wenigen Minuten war die ganze Flasche Sekt geleert und sie stürmten mit neuer Kraft und neuen Mut an ihre Arbeit zurück. Sie sangen dabei Lieder die sie auch schon des Öfteren im Fußballstadion gesungen hatten, wenn ihre Mannschaft den Sieg errungen hatte. Sie hielten sich für die Größten, die keine Macht der Welt aufhalten konnte.

Als Lars mit seinem Bericht zu Ende gekommen war, starrte ihn Tina eine kleine Weile an, und das mit einem ungläubigen Gesichtsausdruck. Es ging ihr in diesem Moment so viel durch den Kopf, dass sie dieses nicht in die richtigen Worte packen konnte, was eigentlich aus ihr heraus müsste. Es dauerte schon eine kurze Zeitspanne, doch dann formulierte sie die ersten Worte: „ Manchmal da frage ich mich selbst, wie naiv kann denn ein Mensch überhaupt sein? Lars ich hatte dir die Geschichte wirklich abgekauft. Du hattest mir erklärt, dass Marius neuen Wohnraum schaffen wollte. Weil das mit den Baugenehmigungen immer so ein Aufwand ist, und weil dies gleichzeitig immer hohe Kosten mit sich bringt, da hatte er sich dazu entschlossen, ein paar neue Wohnräume unterirdisch anzulegen. Mir hatte diese Idee gut gefallen. Man muss ja schließlich nicht sein Geld für unnütze Dinge verschleudern."

Lars schaute nun seine Freundin ganz erstaunt an. „Hast du mir diese Story wirklich abgenommen?" Tina bejahte dies nur mit einem leichten Kopfnicken.

„Vielleicht bin ich der geborene Schauspieler, hatte aber bis eben nicht die geringste Ahnung davon gehabt!" Tina, die sich nun etwas gefangen hatte, stellte jetzt aber einige gezielte Fragen, die das Tunnelprojekt direkt betrafen. „Hattest du nicht etwas von einer Nachbarin erzählt? Wie war noch einmal der Name dieser Frau?"

„Frau Saalfeld, wenn ich mich recht erinnere."

„Und diese Frau Saalfeld hatte da nichts mitbekommen, was dort unten im Keller wirklich vor sich geht?"

„Wie es bis jetzt aussah, so hatte diese Frau keinerlei Verdacht geschöpft." Verkündete Lars, der sich nun selbst etwas über diese Nachbarin wunderte. Tina aber wäre nicht Tina, wenn sie nicht mit der moralischen Seite der weltberühmten zweiseitigen Medaillen gekommen wäre. Sie meinte, dass dies ja eigentlich nicht ginge. Sie beide sitzen zu Hause und unterhalten sich über eine Straftat, die genau in diesem Augenblick im Gange sei. Lars versicherte ihr, auch ihm sei es nicht sehr wohl bei diesem Gedanken, aber er wüsste halt auch nicht was er machen sollte. Marius war halt ein guter Kumpel von ihm, und den an die Polizei auszuliefern, das könnte er beim besten Willen nicht tun. Tina versicherte Ihm, dass auch niemand von ihm verlangen würde, dass er seine Freunde bei der Polizei anschwärzen solle. Sie meinte halt auch, einfach nur da zu sitzen und abwarten bis alles vorüber sei, dass wollte sie auf keinen Fall. Lars war sichtlich froh darüber, dass Tina die ganze Angelegenheit so sah. Er würde so gerne etwas tun. Ihm fiel aber einfach nichts Sinnvolles dazu ein. Tina meinte, sie hätte noch einen alten Rosenkranz, den ihr mal ihre Oma geschenkt habe. Diese Oma hatte oft, wenn sie mit Problemen zu kämpfen hatte und keine Lösung in greifbare Nähe erkennbar war, einfach den Rosenkranz durchgebetet. Tina berichtete dies ihren Lebensgefährten und verkündete was ihr gerade durch den Sinn ging: „Wenn uns beiden wirklich nichts Besseres einfallen will, dann können wir ja das mit dem Rosenkranzgebet gerne einmal ausprobieren. Schaden kann es ja keinen anrichten." Lars gab ihr da völlig Recht. „ Schaden kann es wirklich nicht, wenn man einmal so eine Gebetskette durchbeten würde." Er erkundigte sich etwas Unsicher bei ihr, wie lange denn so ein Rosenkranzgebet sei. Sie überlegte kurz und kam zu dem Schluss, dass man schon gut eine halbe Stunde dafür einplanen müsse. Lars überlegte kurz und tat dann kund, dass sie dann lieber gleich damit anfangen sollten. Seine Freundin gab ihm zuerst noch eine schnelle Einweisung in das Rosenkranzgebet. Sie war sehr zuversichtlich, dass er nach wenigen Minuten gut und selbständig mitbeten könnte.

Als Lars noch feste dabei war, seiner Freundin alles zu gestehen, da tat sich in einer anderen Ecke der gleichen Stadt auch so einiges, und zwar unter der Erde. Marius war wieder zu den zwei schwer arbeiteten Maulwürfe gestoßen. „ Na Jungs, da wollen wir doch einmal sehen wie weit wir inzwischen gekommen sind." Der Leiter der Maulwurfsgruppe tat sehr wichtig mit dem Stück Schnur, das er in der rechten Hand festhielt, mit dem er zu dem hintersten Rand des Stollens schreitete. Das Kordelende reichte gerade so bis zu dem Schlusspunkt des Tunnels. „Da seht mal genau her, ihr Zwei, wir haben es soeben geschafft, wir sind nun ganz genau unter dem Keller der Bank angekommen."

„Graben wir uns doch gleich uns nach oben durch und holen uns die ganzen Schätze, die die ganze Zeit nur auf uns gewartet haben." rief voller Ungeduld Dennis. Marius schüttelte nur mit dem Kopf, von links nach rechts, mehrmals hin und zurück. Was wunderbare Licht und Schattenspiele, an den Schachtwänden, entstehen ließ. Der Röhrenbau war ja eigentlich stockdunkel und wurde nur von den Stirnlampen der Drei beleuchtet. Wenn sich dort Unten ein Fremder verlaufen hätte, der hätte mit Sicherheit jeden Eid geschworen, dass dort Gespenster ihr Unwesen trieben. Marius schüttelte nicht nur das Haupt, er mahnte auch zur Geduld. „Ich würde ja auch am liebsten sofort hier weitermachen, aber jetzt haben wir erst einmal eine Zwangspause. Wenn dann nachher kein Mensch mehr in der Bank ist, wenn alle Angestellten nach Hause gegangen sind, dann kommt auch unser ganz großer Moment." Dennis und Jo sahen dies zwar ein, aber gefallen hatte es ihnen dennoch nicht. Genau in diesem Augenblick fuhr schon wieder ein schwerer Lastwagen durch die Alte Ochsengasse. Es gab auf einmal einen großen Schlag, so als wenn es eine gewaltige Explosion gegeben hätte. Diesen Krach hörte man oberhalb der Erde über eine riesige Strecke hinweg, aber auch unter der Erde, da war auch der riesige Rumps zu hören gewesen. Die drei Tunnelgräber konnten sich nicht erklären woher der gewaltige Krach kam, sie blieben alle drei wie versteinert stehen. Ihnen war schon irgendwie klar, dieser Schlag der konnte nicht wirklich etwas Gutes bedeuten. Über der Erde war folgendes passiert: Dem Lastwagen ist unter der Vorderachse das Erdreich nach unten weggebrochen und das Führerhaus war gut zu einem Viertel von der Straße verschluckt worden.

Sofort kamen aus der näheren Umgebung massenweise die Menschen angelaufen, sie alle waren von dem lauten und fremdartigen Schlag angelockt worden. Die Leute redeten alle ganz wild durcheinander, keiner konnte wirklich sagen was hier geschehen war, aber die Neugierde war übermächtig stark gewesen, sie hatte sie wie ein Magnet zu den Schauplatz hingezogen. Mehrere von den dort versammelten Passanten, setzten mit Hilfe ihrer Handys einen Notruf an die Polizei ab, sie mussten davon ausgehen, dass der Fahrer des LKWs verletzt sein könnte. Es wurden auch bald die ersten Stimmen laut, die da behaupteten, das das Fahrzeug bald Feuer fangen würde, genauso wie man es auch immer wieder in den verschiedensten Filmen zu sehen bekommt. Oben war der LKW in den Tunnel eingebrochen und von Unten war der Tunnel an dieser Stelle mit dem von oben heruntergebrochenen Erdreich total zugeschüttet, der Tunnelschacht war fast genau in der Mitte dicht und fest abgeschottet. Wie man ja so oft sagt: Ein Unglück kommt selten alleine. Und genau so war es auch hier in diesem Fall gewesen. Der Lastwagen hatte zu allem Überfluss eine Wasserleitung beschädigt, und sogleich füllte sich die Kule in der der eingebrochene LKW hing, rings um das teilweise versunkene Führerhaus, mit Wasser auf. Das Wasser fand seinen Weg aber auch in den Tunnel hinunter, wo unsere drei Helden noch als

Salzsäulen dastanden. Zum Glück tropfte das Wasser nur auf der Seite des Tunnels, wo die drei Bankräuber sich aufhielten. Auf der anderen Seite der Einbruchstelle, lief das Wasser schon ganz ordentlich und füllte den vorderen Teil der gegrabenen Röhre sehr rasch mit Trinkwasser auf. Bald würde der Keller des Hauses, wo unsere drei Kameraden ihre Maulwurfstätigkeit begonnen hatten, unter Wasser stehen.

Lars hatte sich von Tina in das Rosenkranzgebet einweisen lassen. Zuerst fühlte er sich ein wenig überfordert. Er sagte in einem etwas eingeschnappten Ton, dass dies doch kein Mensch in so kurzer Zeit kapieren könnte. Tina meinte, dass das Rosenkranzgebet doch nur aus allgemein bekannten Gebeten zusammensetzen würde. Lars zog nun etwas entnervt die Augenbrauen nach oben und erwiderte ihr sogleich: „Es mag ja sein, dass diese Gebete dir recht gut bekannt sind, aber bei mir sieht das schon ganz anders aus. Rate doch einmal wie oft ich in den letzten zehn oder auch fünfzehn Jahren eine Kirche von innen gesehen habe. Und wenn ich mich in eine Kirche, aus Versehen verlaufen habe, dann habe ich mit Sicherheit nicht all das auswendig gelernt, was da so alles geredet, gebetet oder auch gesungen wurde." Tina sah ihn an. Sie nickte, und gab ihm damit zu verstehen, dass sie seine Situation gut nachvollziehen konnte. Sie überlegte eine kleine

Weile, dann sprang sie regelrecht von ihrem Stuhl auf, lief rasch in den Nebenraum, nach einem kleinen Augenblick kam sie wieder zurück. Sie hielt in der einen Hand einen Kugelschreiber und in der anderen hatte sie einen Schreibblock. „Ich denke mir", sprach sie zu ihm. „es wird wohl die klügste Lösung sein, wenn ich dir rasch die Gebete aufschreibe. Es sind ja nicht sehr viele. Wie ich einmal mir sagen ließ, so liegt die Kraft des Rosenkranzgebetes in der ständigen Wiederholung." Ziemlich schnell hatte Tina alles niedergeschrieben und übergab ihrem Freund diese Notizen. Lars überflog kurz das Aufgeschriebene und sogleich erschien ein Lächeln in seinem Gesicht. Er verkündete, dass er es jetzt, gut und auch würdevoll, hinbekommen würde. Nun Lächelte auch sie, und sie drängte darauf, dass sie gleich beginnen sollten. „Wenn unser Gebet dazu beitragen soll, dass Schaden verhindert oder auch entstandenen Schaden, so klein wie nur möglich gehalten werden soll, dann macht es meiner Meinung nach auch Sinn, dass wir sofort mit dem Gebet beginnen."

11.)

Zufall: ja oder nein?

Man kann über die Kirche oder über das Gebet denken wie und was man will, aber Tatsache war:

Genau zu dem Zeitpunkt wo Tina offiziell die Gebetsreihe eröffnet hatte, fiel die sogenannte Versteinerung, von den drei gefangenen Maulwürfen ab.

Marius fühlte sich gerade so, als wenn ihn etwas Unbekanntes aus dem Schlaf aufgeschreckt hätte. Mit einer zitternden und auch einer leicht ängstlichen Stimme rief er aus: „Habt ihr das auch gehört?" Die beiden Mitverschwörer bejahten dies sehr kleinlaut. „Ich weiß nicht was das für ein Krach war.", stellte Marius sehr unsicher fest. „Es wäre wohl das Beste, wenn wir so schnell wie möglich von hier verschwinden. Wir haben ja auch später noch mehr als genug Zeit, um zu sehen was sich da genau abgespielt hat." Marius sah sie Stirnlampen seiner Kumpels zustimmend auf und ab schwingen. Er deutete dies als die Bejahung seines Vorschlages. Die Drei bewegten sich nun sehr flott, in Richtung des Einganges. Sie waren noch gar nicht sehr weit gekommen, da standen sie schockiert vor einer Wand, die da nicht hingehörte. Eine Wand die aus reinem Erdreich bestand. Man konnte den Eindruck gewinnen, dass der Tunnel hier schon immer sein ganz normales Ende hatte. Die Tunnelröhre war genau an dieser Stelle absolut dicht. Marius schaute sich alles ganz genau an und rief dann sehr laut und verzweifelt aus: „Was ist denn hier passiert? Wie konnte denn so etwas geschehen? Unser Bauwerk war doch so perfekt angelegt und durchdacht, es konnte doch überhaupt nichts schiefgehen!" Dennis wandte nun ganz vorsichtig ein: „Vielleicht hatte dieser Lars doch irgendwie recht gehabt."

„Recht gehabt? Mit was den Recht gehabt?", fragte Marius vorsichtig nach.

„Halt mit diesen Lastwagen. Du weißt doch noch wie der aus dem Loch hinausgeflitzt ist. Und da hatte er doch davon geredet, dass er da niemals wieder hineingehen wollte. Er meinte doch, es könne nicht sehr lange dauern, bis das Ganze in sich selbst zusammenbrechen würde." Marius schaute darauf Dennis eine Weile an und gab dann von sich, dass da was dran sein könne. Nun schauten sich alle die Unglücksstelle genau an. Joachim war der Erste der bemerkte, dass da Wasser von der Tunneldecke herabtropfte. „Das hier kann mit Sicherheit nichts Gutes bedeuten!", rief er verschreckt aus. Nun schauten sich alle Drei die Stelle an, auf die Jo noch immer zeigte, von wo das Wasser herabtropfte. Dennis stellte sehr bald fest: „ Je länger ich mir das alles anschaue, umso mehr gewinne ich den Eindruck, dass das mit dem Tropfwasser langsam aber dennoch sicher mehr wird." Es schien so als ob das Tropfwasser nur auf die Feststellung von Dennis gewartet hätte, den kaum hatte dieser zu Ende gesprochen, da bildete sich an der Schachtwand auch schon das erste Rinnsal, welches wie ein kleiner Bach zum Tunnelboden herabfloss und dort auch sogleich eine ganz kleine aber gut sichtbare Wasserlache entstehen ließ.

Als Chef des Unternehmens fühlte sich Marius verpflichtet, so schnell wie nur möglich, nach einer brauchbaren Lösung zu suchen. Er verkündete: „Hört zu Jungs. Nun greift mein Plan B. Wir brechen gleich nach Oben zur Bank durch. Ob da jetzt noch Leute in dem Gebäude sind oder auch nicht, dass ist mit im Moment so etwas von egal. Auf geht's, zurück zur Arbeit, wir dürfen keine Zeit vergeuden."

Marius der meinte, dass er das ganze Tunnelprojekt prima durchgeplant hätte, sind aber mindestens zwei gewichtige Fehler beim Bau des Kanals unterlaufen. Wenn der Lastwagen nicht in den Tunnel hinab gekracht wäre, dann wäre das ganze Projekt doch an diesen zwei Fehlern gescheitert. Aber in diesem Augenblick, sollten sich genau diese Fehler als ein großer Glücksfall erweisen. Der erste Fehler war folgender: Dass mit dem Kompass hatte nicht ganz so genau funktioniert, wie es von Marius erdacht war. Der Tunnel lief nämlich nicht wirklich schnurgrade auf die Bank zu, sondern führte links an ihr vorbei und genau unter das Nachbargrundstück. Nun befanden sich unsere drei Einbrecher nicht unter dem Keller der Bank. Sie Befanden sich unter einem alten und sehr baufälligen Gartengeräteschuppen, welcher nur wenige Meter neben der Bank stand. Der zweit Fehler, in Marius Meisterplanes war dieser: Marius hatte immer gedacht es reicht völlig aus, dass er sich auf seinen Kompass verlassen könne, und damit wäre schon alles ganz automatisch in bester Ordnung. Er hatte aber auch nicht einmal eine Sekunde daran verschwendet, wie er denn genau die exakte und gleichmäßige Tiefe des Tunnels halten sollte. Und so kam es, dass der Tunnel nicht nur zu weit links verlief, er stieg auch ganz leicht nach oben an. Sie waren quasi keinen halben Meter unter dem Gerätehäuschen. Bei dieser Tunneltiefe, wenn sie nicht von ihrem Kurs abgewichen wären, wären die Drei niemals unter die Bank gelangt, sondern hätten vor der Kellerwand des Bankgebäudes ihr Vorhaben frühzeitig aufgeben müssen. Dass alles aber wussten unsrer drei Tunnelgraber in diesem Moment nicht, dafür bekamen sie nun etwas ganz anderes mit. Es war auf einmal ein sonderbares Klatschen zu hören, geradeso als wenn nasse Lappen aus großer Höhe auf die Erde fielen. Und sofort nach diesem Klatschgeräusch hörten sie Wasser rauschen, Wasser welches mit viel Kraft heranrollte. Die Klatschgeräusche stammten von nassen Erdbrocken, die sich von der Tunneldecke lösten und geräuschvoll zu Boden fielen. Es konnte nicht mehr sehr lange dauern und der ganze Tunnel würde in sich zusammenfallen.

Jo schrie voller Panik: "Wir saufen ab, wenn wir nicht sofort hier rauskommen!" Marius und Dennis bestätigten diese Aussage indem sie, wie vom Wahnsinn getrieben, nach oben ein Ausgang mit ihren Schaufeln gruben. Und dadurch, dass in diesem Bauwerk diese zwei Fehler steckten, waren die drei Freunde auch in einer Windeseile an die Oberfläche gelangt. Was heißt hier eigentlich Oberfläche, sie waren in dieser alten Gerätehütte, deren Boden zum Glück aus nichts anderem bestand, als auf festgetretenem Erdreich. Als alle drei aus dem Loch gekrabbelt waren, und sie noch nicht wirklich kapiert hatten wo genau sie sich befanden, fiel auch schon die Hütte einfach in sich selbst zusammen. Alle drei bekamen zwar einige Bretter ab, aber sie zogen sich keine ernsthaften Verletzungen dabei zu. Marius und seine zwei Mitstreiter schauten wie gebannt auf die vor ihnen liegende Straße, wo der Lastwagen, welcher mit dem Führerhaus nach unten weggebrochen war, etwas unwirklich da gehangen hatte. Sie konnten ihr unverdientes Glück noch nicht fassen, da drängte sich auch schon aus dem Loch, aus dem die Gescheiterten Einbrecher gerade entschlüpft waren, eine große Menge Trinkwasser und verteilte sich so ganz langsam im Vorgarten. Um den LKW scherte sich eine gewaltige Ansammlung von Leuten. Alle hatten nur Augen für dieses eingebrochene Fahrzeug. Ein Krankenwagen und auch ein Polizeifahrzeug fuhren eben, mit Blaulicht und lautem Sirenengeheule, auf die Unglücksstelle zu. Möglicherweise hatte das Heulen der Sirenen den Krach der einfallenden Hütte übertönt. Als Marius merkte, dass sich hier niemand für ihn und seine Kumpels interessierte, da gab er diesen zu verstehen, dass sie sich blitzschnell aus dem Staub machen sollten. Und so verschwanden sie klammheimlich, ohne dass jemand eine Notiz von ihnen genommen hatte.

Zu genau derselben Zeit als die Drei die Alte Ochsengasse verlassen hatten, beendeten Tina und Lars ihr gemeinsamemes Rosenkranzgebet. Lars stellte fest: „Ich weiß nicht wie es dir geht, aber ich fühle mich auf einmal so richtig gut, gerade so als wenn ich etwas ganz Tolles gemacht hätte." Die Angesprochene gab ihm zur Antwort: „ Man kann nicht mit Bestimmtheit sagen, dass man sich nach einem Gebet immer besser fühlt, aber ich fühle mich jetzt auch sehr gut, irgendwie so befreit. Der Druck, der auf mir lag ist verschwunden."

„Ich hoffe nur, dass unser Gebet etwas Positives bewirkt hat, oder bewirken wird." Tina lächelte ihn an. „Man kann das nie so genau sagen, aber ich denke mir, im Allgemeinem wir das schon eine gewisse Zeit brauchen bis man mit einem Gebet etwas bewirkt. Auch die sogenannten Wunder brauchen auch immer etwas Zeit, wobei auch hier Ausnahmen durchaus möglich sein können. Es heißt doch immer: Gottes Mühlen mahlen langsam, aber sie mahlen."

Lars erwiderte: „Vielleicht mahlen diese Mühlen diesmal etwas schneller."

„Das liegt nun wirklich nicht in unsere Hand, aber bei Gott soll doch nichts Unmöglich sein." Damit gab sich Lars zufrieden.

12.)
Eine vernünftige Erklärung

Wenn eine alte Gerätehütte in sich selbst zusammenfällt, dann geht dies niemals ohne dass ein ordentliches Geschepper zu hören wäre. Auch in diesem Fall, fiel das Gerätehäuschen nicht ganz lautlos um. Es waren wie schon erwähnt, sehr viele Leute auf der Straße. Einige hatten auch sehr nahe mit dem Rücken zu dem Gartenschuppen gestanden. Die Aufmerksamkeit der Schaulustigen war einerseits auf den verunglückten LKW gerichtet und auf der anderen Seite war das Gehör der Zuschauer durch das Sirenengeheule der heraneilenden Einsatzfahrzeugen voll und ganz ausgelastet. Selbst der Besitzer der Gartenhütte hatte nicht mitbekommen, was sich auf seinem Grundstück abgespielt hatte. Er hatte mit einigen Nachbarn darüber diskutiert, ob der Fahrer des Lastwagens verletzt sei, und wie man ihm am besten aus seiner misslichen Lage befreien könnte. Kurz darauf schaute er natürlich sehr verdutzt aus der Wäsche, als er den Schaden auf seinem Grundstück entdeckte. Die Polizei hatte kurz darauf die gesamte Unfallstelle sehr schnell und routiniert abgesichert.

Es hatte eine Weile gedauert, bis der Lastwagenfahrer realisiert hatte, was mit ihm und seinem Fahrzeug geschehen war. Er war zuerst zu keiner vernünftigen Handlung fähig gewesen. Erst als er das Sirenengejaule auf sich zukommen hörte, da meldete sich auch wieder sein Verstand zurück. Er sah die ganzen Leute die um seinen Wagen herumstanden, er drehte dann schnell mit der Kurbel die Fensterscheibe nach unten und versuchte, etwas unsportlich, durch das Fenster der Fahrertür, den Laster zu verlassen. Zugleich waren einige Passanten zur Stelle, die ihm beim Aussteigen unterstützten, so dass er nicht in das Kraterloch fallen konnte, welches das Führerhaus von allen Seiten umfasste. Ein Passant entdeckte die umgefallene Gerätehütte und holte von dort einige Holzbretter mit denen man das Loch im Boden vor der Fahrertüre zudecken konnte, so dass sich einige freiwillige Helfer auf diesem wackeligen Steg aufhalten konnten um dem Kraftfahrer bei dessen Aussteigen helfen. Der Notarzt konnte den Unglücksfahrer bald untersuchen. Zum Glück war dieser unverletzt geblieben und so hatte dieser Unfall, zumindest für den LKW-Fahrer, ein gutes Ende genommen. Durch die Polizei wurden gleich die Stadtwerke informiert, denn es musste ja sehr schnell ein Fachmann bei, der in der Lage war das Wasser abzustellen. Denn das Wasser lief noch immer kräftig aus der Erde. Es kam auch schon von dort wo der Geräteschuppen gestanden hatte auf die Straße geflossen. Bis ein Auto von den Stadtwerken angefahren kam, dauerte glücklicher Weise nicht all zu lange. Nachdem das Wasser endlich abgestellt war, wollten die Polizisten gerne erfahren, ob der gute Mann von den Stadtwerken, sich das irgendwie erklären könnte, was hier dieses Unglück ausgelöst habe. Der Mitarbeiter der Stadtwerke konnte nur eine Vermutung aussprechen. „Ich hatte so etwas auch noch nie gesehen, aber es ist nicht ausgeschlossen, dass das Wasserrohr hier eine Undichtigkeit hatte. Durch diese Undichtigkeit konnte das Wasser wohl über einen längeren Zeitraum ausströmen und hat sich so einen unterirdischen Kanal freigespült. Nachdem der Laster hier eingebrochen war, gab es in diesem Kanal einen gewaltigen Überdruck. Das Wasser musste ja jetzt nun irgendwo hin, und es trat dort drüben an die Oberfläche und sprengte das Gartenhaus, oder was dort immer gestanden hatte, auseinander. Mich würde es nicht wundern wenn auch der Keller von diesem Haus vollgelaufen wäre." Der städtische Mitarbeiter zeigte mit einer Rohrzange, die er in der rechten Hand hielt, auf das Haus, wo unsere drei gescheiterten Bankräuber ihren Tunnelbau begonnen hatten. Einer der zwei Polizisten gab zu bedenken. „Ein Wasserschaden kann doch eine gewaltige Beschädigung an so einem Gemäuer verursachen!"

„Im Allgemeinem schon, aber hier in diesem Fall zum Glück nicht.", verkündete der Stadtwerken Arbeiter. „Das Haus hatte nach meine Information einer Erbengemeinschaft gehört. Und wie ich aus ganz sichere Quelle erfahren habe, da kam diese ihren finanziellen Verpflichtungen nicht nach. Und so wurde das gesamte Grundstück, mit allem drauf und dran, einfach Zwangsversteigert. Der neue Eigentümer will hier ein ganz neues Haus hinstellen. So wie ich es gehört habe, soll schon in den nächsten Tagen die Abrissfirma mit der Arbeit beginnen."

„Dann hat sich der hier entstandene Schaden ja einigermaßen in Grenzen gehalten.", meinte der Polizist. Was der Städtische Mitarbeiter gehört hatte, entsprach wirklich der Wahrheit.

So hatte man für den gegrabenen Tunnel eine vernünftige Erklärung gefunden, mit der alle ziemlich gut leben konnten, und kein Mensch kam auch nur Ansatzweise auf die Idee, dass hier jemand, mit Hilfe eines Tunnels, die kleine Bank ausrauben wollte.

Auf dem Rathaus war man recht froh, dass es sich bei der Alten Ochsengasse um eine unbedeutende Nebenstraße handelte. Die Presse hatte kein großes Interesse daran gehabt, die Sache unnötig aufzubauen. Es gab im Kreisblatt ein kleines Foto, welches den LKW zeigte, wie ihn der Bergungskrahn, aus dem Loch zog. An diesem Tag waren bundesweit viel spannendere Dinge geschehen, über diese man viel lieber berichtete. In den überregionalen Blättern war nicht eine Zeile zu lesen, von diesem Missgeschick.

Man sagt ja auch gerne: Wo kein Kläger ist, da gibt es auch keinen Richter. Genau wie dieses Sprichwort schon sagt, es kam ja niemand auf die Idee, dass an dem Unfall etwas anderes schuld gewesen sei, als ein Wasserrohrschaden. Ein Wasserrohr welches schon lange Zeit undicht gewesen sein musste, und so wurde ein Kanal unter der Straße freigespült. Das Frischwasserrohr, das angeblich an diesem Unglück schuld gehabt hätte, war nach dem der Laster darauf geknallt war, dermaßen kaputt gegangen, dass man nicht mit letzter Sicherheit sagen konnte ob es nun wirklich so war wie man es vermutet hatte. Man konnte dem Material des Wasserrohres nur ansehen, dass es dringend an der Zeit war, dass es ausgetauscht werden müsste. So wurde in diesem Jahr die Wasserleitung in der gesamten Alten Ochsengasse erneuert. Man hatte die berechtigten Bedenken, es könne sich noch ein weiterer Kanal unter der Straßendecke befinden, und das nächste Unheil wäre so vorprogrammiert. Beim Austauschen des Wasserrohres fand man wirklich zwei Stellen welche undicht waren. Dort hatte das Wasser auch schon jeweils eine kleine Höhle freigespült, was in naher Zukunft bestimmt zu einem ähnlichen Unfall geführt hätte.

Als das Haus abgerissen wurde, in dessen Keller unsere drei Maulwürfe ihren Tunnel gruben, da entdeckte ein Bauarbeiter, das im Keller verteilte Erdreich. Er ging zu seinem Chef und berichtete ihm davon. Der Chef meinte nur: „Das geht uns nichts an. Wir reisen hier alles ab, und schaffen es dann fort. Der Rest ist nicht unsere Sache." Und so wurde es auch gemacht, so verschwand auch die letzte Spur des missglückten Bankeinbruches.

13.)

Stolze Eltern

Es waren nun gut zwei Jahre vergangen, seit unsere drei Freunde versucht hatten in die Bank einzubrechen. Wenn die drei Kumpels etwas aus dem misslungenen Versuch gelernt hatten, dann war es das Eine: Verbrechen lohnt sich nicht. Gerade Marius musste dies zum wiederholten

Male feststellen. Er hatte ja schon in der Vergangenheit einige Versuche unternommen, um an das Geld andere Leute heranzukommen. Wie durften ihn ja dabei teilweise begleiten. Er wollte für die Zukunft sein Geld durch ehrliche Arbeit verdienen. Aber dies mit der ehrlichen Arbeit war schneller und einfacher gesagt als getan. Die guten Arbeitsstellen liegen halt nicht einfach so auf der Straße herum. Dazu kommt noch erschwerend, dass bei fast jedem einigermaßen guten Job, eine gute Berufsausbildung vorausgesetzt wird. Dies war wiederum ein Punkt, wo es bei Marius nicht ganz so gut aussah. Aber dennoch hatte er keine Lust mehr verspürt so weiter zu leben, wie er es bisher gemacht hatte. Er sollte aber vom Glück nicht ganz und gar verlassen werden, aber davon erfahren wir gleich mehr.

Zunächst wollen wir uns doch einmal anschauen was denn aus dem guten alten Lars Mühlberger geworden ist. Wir können uns doch noch recht an sein Vorstellungsgespräch erinnern, welches er seinerseits mit dem Herrn Dr. Öztürk bei der Firma SHA. AG (Südhessische Anlagebau AG.) geführt hatte. Lars wollte ja ursprünglich gar nicht bei dieser Firma arbeiten. Wenn man sich den Lars vor zwei Jahren genau betrachtet hatte, so konnte man erkennen, dass er eigentlich überhaupt nicht arbeiten wollte. Seine Freundin und Lebensgefährtin Tina hatte das aber ganz anders gesehen. Sie fand schon, dass es ganz wichtig sei, dass Lars sich nun endlich einen richtigen und auch dauerhaften Job suchen müsste. Nachdem Lars nun das Vorstellungsgespräch, bei der SHA.AG hatte, da setzte sie ihm so zu, dass er gar nicht anders konnte, als dort diesen Job anzunehmen. So kam es, dass Lars dort pünktlich, zu seinem ersten Arbeitstag erschienen ist. Er ist auch heute noch bei dieser Firma, es sollte dann auch so kommen wie es ihm der Herr Dr. Öztürk in Aussicht gestellt hatte.

In der Firma war man mit der Leistung, die Lars jeden Tag wieder aufs Neue erbrachte mehr als nur zufrieden, und so hatte er wirklich nach recht kurzer Zeit, die Stelle des Teamleiters bekommen. Dies hatte natürlich, erfreulicher Weise, zur Folge, dass sein Monatsgehalt, dementsprechend nach oben, angepasst wurde. Lars hatte sich auch für seinen alten Kumpel Marius eingesetzt, damit auch dieser eine Stelle in der SHG.AG bekam. Zunächst erst einmal befristet auf ein Jahr. Er arbeitete als Fahrer, er fuhr die kleinen Transporter, die man mit einem PKW-Führerschein fahren durfte. Ihm wurde nahegelegt, dass er den Führerschein für LKW machen solle, denn dann könnte man ihn fest, mit einem unbefristeten Arbeitsvertrag, einstellen. Marius hatte sich recht bald in einer Fahrschule angemeldet. Er ist inzwischen im

Besitz des LKW-Führerscheines, und einen festen Arbeitsvertrag hat er auch in der Tasche.

Dennis und Joachim arbeiten zurzeit in einer Leiharbeitsfirma, das Gehalt ist nicht gerade sehr rosig, aber sie kommen einigermaßen über die Runden.

Bei Lars und Tina steht ein großes Fest ins Haus. Sie sind seit ungefähr zwei Monaten stolze Eltern eines Sohnes. Ihr Sohn, den sie den Namen Jens gaben, soll am nächsten Sonntag in der katholischen Sankt Marien Kirche, die Taufe erhalten. Sie kamen auf den Namen Jens, weil Tinas Opa sowie auch Lars Opa so hießen, Lars und Tina fanden dies wäre ein gutes Zeichen. Die stolzen Eltern wollten als Taufpaten gerne den Herrn Dr. Öztürk nehmen, denn Lars hatte sich mit den Herrn Öztürk in der Zwischenzeit angefreundet, sie siezten sich zwar noch, aber sie waren schon mehrmals abends gemeinsam zum Essen gegangen, Lars und Tina sowie Dr. Öztürk und seine Frau.

Es wurde dem jungen Elternpaar auf dem Pfarrbüro gesagt, dass Leute die selbst nicht getauft sind, nicht das Amt eines Taufpaten übernehmen dürften. Es wurde den Eltern des kleinen Jens aber von der Kirche eine Alternative angeboten: Man kann statt eines Taufpaten einen Taufzeugen nehmen, und das Amt eines Taufzeugen. dürfte jeder übernehmen. Dr. Öztürk hatte sich sehr gefreut, als er von Lars gefragt wurde, ob er das Amt des Taufzeugen, bei dessen Sohn, übernehmen wolle.

Tina und Lars wollen auch bald heiraten, aber sie wollten es nicht überstürzen. Sie haben da an den nächsten Sommer gedacht, denn dann könnte man die anschließende Hochzeitsfeier, unter freien Himmel in einer Wirtschaft feiern, die über einen sogenannten Biergarten verfügt. Sie hatten sich da schon eine geeignet Wirtschaft ausgesucht. Für Tina war dies schon immer der ganz große Wunsch gewesen. Wenn sie mal heiratet, dann sollte auch schönes Wetter sein, so dass man an der frischen Luft feiern könne.

Wir wollen an dieser Stelle, der jungen Familie (Tina, Lars und Jens) alles Gute für ihre weitere Zukunft wünschen.

Ende

Herstellung und Verlag:
BoD - Books on Demand, Norderstedt
ISBN 978-3-7322-8217-3